MARC LECLERC

RIMIAUX D'ANJOU

AU BIBLIOPHILE ANGEVIN, 39, rue Plantagenet, ANGERS

RIMIAUX D'ANJOU

DU MÊME AUTEUR

Les Laboureurs de la Mer, pièce d'ombres en vers et prose, en collaboration avec Georges-G. TOUDOUZE : 1 vol. avec de nombreuses illustrations de Marc LECLERC. Aux éditions de la « Ligue Maritime »........................... *Epuisé*

La Passion de Notre Frère le Poilu, poésie : Plaquette avec préface de M. René BAZIN, de l'Académie Française (*Prix Jean Revel*, 1916, décerné par la Société des Gens de Lettres au meilleur ouvrage régionaliste). Chez G. Crès et Cⁱᵉ, à Paris, 1916 (29ᵉ mille)........................... 1 fr. 25

La Passion de Notre Frère le Poilu, illustrations en couleurs de Léon LEBÈGUE. In-8, Ferroud, 1917............ *Epuisé*

La Passion de Notre Frère le Poilu, bois d'HERMANN PAUL, in-4°, « Société des XX », 1917.................... *Epuisé*

Les Souvenirs de Tranchées d'un Poilu, poésies, 1 plaq., chez Georges Crès et Cⁱᵉ, Paris, 1917 (8ᵉ mille)... *Epuisé*

En lâchant l'Barda, poésies, 1 plaq., chez G. Crès et Cⁱᵉ, 1920 (3ᵉ mille)................................ 3 fr.

Avec Nos Frères les Poilus, poésies : 1 vol. in-16 grand jésus, avec une couverture en couleurs et de nombreuses illustrations de l'auteur et un frontispice de Camille BOIRY. Edition de luxe de *Nos Chansons Françaises* à Paris, 1921, et chez G. Crès et Cⁱᵉ............................ 30 fr.

Poètes angevins d'aujourd'hui, essais anthologiques : 1 vol. in-16 grand jésus, chez P. Lefebvre, Paris, 1922.... 3 fr. 50

L'Anjou, conférence de Propagande Touristique. Aux éditions du Touring-Club de France, 1923. — H. C.

L'Offrande à Cyrnos, poésies, 1 vol. in-16 grand jésus, chez P. Lefebvre, 1923........................ 4 fr. 50

L'Entarr'ment du Père Taugourdeau, conte en vers, 1 plaq. in-16, bois gravés de Jean-A. Mercier, chez A. Bruel, 3ᵉ édition, 1925............................... 3 fr.

L'Anthologie du Sacavin, 1 vol. in-16 grand jésus, avec une couverture en couleurs de Marc Leclerc, chez A. Bruel, 1925 .... 15 fr.

EN PRÉPARATION

En d'vallant, Contes angevins.

L'Anjou qui chante, Etude et Recueil des Chansons populaires du Pays d'Anjou.

MARC LECLERC

RIMIAUX D'ANJOU

SIXIÈME ÉDITION

Avec de nombreuses illustrations de l'Auteur

ANGERS
AU BIBLIOPHILE ANGEVIN
ANDRÉ BRUEL
39, Rue Plantagenet, 39

—

MCMXXVI

Paisans !

A H. JAHAM-DESRIVAUX.

Enter vous aut's, les gens d' la Ville,
c'est ben conv'nu, c'est tout réglé :
ein paisan, c'est ein imbécile,
ein pétras, ein gâs point r'naré,
qui n'a point d'esprit en la tête ;
et ça s' comprend, qu'î sey' lourdiaud :
l' pus souvent, i n' parl' qu'à des bêtes ;
î n' fréquent' guèr' que des bestiaux...
î n' saurait causer que d' patates !...
. . . .
Et, vous, en connaissez-vous point
qui, pour ne marcher qu' sû' deux pattes,
pourraient quant' meime' manger du foin ?...
Ya des bêt's qui sont ben malines,

et, société pour société,
créyez-vous ben qu' cell' des machines
séy' ben meilleure, en vérité ?
C'est-î donc qu'eune automobile
a pûs d' convarsation qu'ein viau ?
C'est-î donc qu'la fumée des villes
séy' ben pûs sain' pour le çarveau
que d' respirer dans la Vallée
la vigne en fleurs, les blés nouveaux,
ou ben les foins mûrs sû' les prées ?

I faut que j' vous l' dise, enter nous :
Les paisans, c'est du mond' coum' vous,
qui vous val'nt ben... et des foés meime
qu'îs vaudraient mieux... Et si je l' dis,
c'est point seul'ment pas'que j' les aime ;
vous allez m' trouver ben hardi :
d'euss, ou d' vous, qui qu'est l' pus utile ?
Vous auriez bentoût l' venter creux
si vous vouliez vous passer d'eux...
euss, îs pourraient s' passer des villes !

Qui c'est-î, qu'est terjous buté
à tourner et r'tourner la terre,
au fret l'hivar, au chaud l'été,
qui sue pûs souvent qu'ein notaire ?

Si y avait point tout leû' travail,
coumment qu' vous feriez, j' vous l' demande ?
Qui c'est-î qu'élève l' bétail
pour qu' les bourgeoés mangent d' la viande ?
Qui c'est-î qui fait pousser l'grain
pour qu' les villotiers ay'nt du pain ?

Qui c'est, qui cultiv' la vendange
afin qu'î n'y ait côr pour trinquer
du vin qui n' séy' point fabriqué
coûm' y en a chez voûs mastroquets,
du vrai jus d' raisin sans mélange ?

C' que vous mangez, c' que vous buvez,
les épic's, les fruits, la légume,
la laine ou l' fil de vout' costume,
c'est terjous à eux qu' vous l' devez :
tout c' fait là est sorti d' la terre,
et des paisans, là ou icit,
ont eu souvent ben d' la misère
pour l'en tirer, à vout' profit !

Sans l' paisan, auprès d' voûs usines,
vous moureriez d' fret et d' famine !
Et c'est quand vous leur devez tout
qu'vous seriez assez malhounêtes
d' leû' charcher des pouées en la tête
rapport à c' qu'is n' caus'nt point coum' vous ?
Qu' vous iriez leû' fair' des chicanes
pa's' qu'îs n' sont point ben harnaqués
coum' des bourgeoés qui portent canne ?

Ya pourtant point d' qué s'en moquer,
et, pour si peu, d' mépriser l' monde ;
vous auriez, ma foé, point raison,
et là-dessus, tout pétras qu'îs sont,
îs n'auraient ben d' qué vous répond'e ;

C'te blous' qui vous fait rigoler,
à c' que m'ont dit des gens calés,

c'est ein habit ben vénérable :
c'est vantié l' pareil qu'autrefoés
portaient nos anciens, les Gauloés ;
c'est terjous aussi honorable
qu'la défrur' de nos gas farauds :
des complets d'trent' quatre-vingt disse
qu'ont l'air taillés à coup d'hach'reaux
dans eun' manière' ed' toil' mêlisse
qui n'est ni lain' ni reparon,
et qùi leû' font des dos tout ronds ;
les pus grands n'ont point-assez d' manches
pour loger leûs grous abattis,
tandis qu'on dirait, des pus p'tits,
des pochées pouillées sû' des branches !...
et côr îs s'crey'nt l'air ben rusé !
— moé, j'aime autant point en user.
Vous m' direz p't-êtr' que c'est la mode...
je l' veux ben... Mais vous auriez tort
d'ajouter qu' c'est biau, ou commode :
là-d'ssus, je n' serions point d'accord.

Et c'est tout d' meim' pour nout' langage :
pour vous, c'est ein jargoin d' sauvages ;
mais moé, malgré mon air paisan,
j'ons quant'meime été aux écoles,
où qu' j'ons connu des grous savants
— en écrit autant qu'en paroles —
qui disaient qu' nout' parler terrien
c'est ein langag' vraiment ancien,
c' tî là meime, à peu d' différence,
qu'écrivit un app'lé Rabelais,
ein gâs qu'on n'a point égalé,
a c' qu'îs disaient, en tout' la France ;
que c'est l' vieux français d'auterfoés,

et qu'î n'a ben ses avantages...
Alors, moé, je n' voés point pourquoé,
pis' qu'î fait côr un bon usage,
qu'on n' pourrait point en disposer ·
î n'est vieux... î n'est point usé !
Et ça s'rait vantié grand dommage
d' laisser perd' ein pareil outil
sans seul'ment en tirer profit !...
— Sauf, pour les cas d' cérimonie,
à r'prendr' coum' de ben entendu,
l' parler ben net et ben tondu
de ces Messieurs d' la Cadémie.

Bourgeois, Bourgadins. Villotiers,
quant' vous verrez les Gâs d' la Terre,
rapp'lez vous ben qu'îs sont vos frères,
margré qu'îs fass'nt ein oût métier,
et qu' leû' parler vous contrarie ;
qu'îs n'ont coum' vous qu'eun meim' Patrie,
qu'îs n'ont coum' vous qu'ein meim' Drapiau ;
qu'au premier appel de la France
ren enter vous n'fit différence,
blouse ou casquett', veste ou chapiau,
et, bourgeoés ou paisans d' la veille,
qu'î n'y avait, quand l' Malheur passait,
sous des capot's bleues tout's pareilles,
ren qu' des cœurs de soldats français !

Les Coëffes
s'en vont

I fesait bon voér, auterfoés,
enter les champs, enter les boés,
par les rout's et les adressées
v' nî, deux par deux, ou troés par troés,
les pûs ancienn's un peu lassées,
les jeuness' un p'tit pûs pressées,
les femm' et les feill' ed chez nous,
quant' c'était féte, ou ben dimanche,
ovec leûs si jolies coeff' blanches,
leûs d'vantiaux d'soée, leûs châl' de v'loux
tout agrémentis d' pernampilles !...
Et tout's, les marrain' coum' les filles,
a n'avaient un air ben plaisant :
les grouss' farmièr', qui vont d'visant

de leûs gorins, de leûs volailles,
du prix qu'a vendront leûs aumailles ;
et les pauv' drôlièr', dont tout l'fait
emplirait point l' fond d'ein bounet ;
les vieill' et les jun', tout' pareilles,
a s' dépêchant vers le cloucher
en berdassant, coum' des abeilles
qui vezoun' autour d'ein rucher.
Et c'était côr pûs biau aux noces :
Y avait point d' bell's dam's en carosse,
mais on voyait, dès à matin,
par les voyett's et les routins
les voésins v'nî à grand' trôlées,
et, sûs les rout's, des carriolées
plein' de nociers qui v'nant d' partout
amulonnés à plein' ridelles,
les femm' assis', les homm' debout :
et tout c' mond' là, homm' et fumelles,
les gâs, les feill', et les queniaux,
ben attifés dans leûs nociaux,
leûs dorur' et leûs biaux costumes :
les homm', point beaux, coum' ed coutume,
en gilet rond, en chapiau noér,
les pûs « messieurs », pour se fair' voér,
vantié coum' des gâs d' la noblesse,
avec ein habit à queue d' paisse,

Mais c' qui fesait plaisir à voér,
c'étaint les femm' et leûs coeffages,
chaqu'eun' portant l'sien d' son village :
cell' de Torfou, et leû « bergot »
qu'a l'darrièr' fait coum' ein sabot ;
la « Coeff' tournant' » des Saumuroéses ; —
la « Boète-à-Laver » des bourgoéses

d'Varrains, d'Saint-Cyr et du Coudray ; —
les « Câlin' » de Montreuil-Bellay ; —
et pis, avec tout' leûs ail' blanches,
coum' des papillons sur les branches,
les « Coeff' à volant » des Ponts-de-Cé,
de Saint-Florent, ou ben d'Thouarcé ;
les laid' en étaient embellies,
et les bell', un peu pûs jolies !
. . . .
C'était un spectacl' ben plaisant
qu'on n'verra pûs guère à présent :
Astheur', nos feill' et nos drolières
— qu'ont ben sûr queuq' diable en la piau —
veul' ressembler aux villotières :
a lâch' la coeff' pour el' chapiau !
a veul' prend' les modes d'la ville...
seul'ment, a n'y sont point habiles,
et ça leû va, sauf vout' respect,
coum' ein d'vantiau à n'ein goret :

Qués dam' de vill', qu'ont ren à faire
qu'à d'se r'garder d'vant, et darrière,
a n'pens'nt qu'à changer d'affutiaux,
à qui qu'aura l'pûs beau mantiau,
l'pûs grand piumet; ou ben encôr
a s'harnâq'nt, a s'dévissent l'corps
pour paraîtr', oh, s'lon les années,
tantôt chéti', tantôt enfiées...

Mais nos feil' de ferm' qu'ont point d'temps
à passer à ces berlaud'ries,
a veul' quant' meime en faire autant !...
— Seul'ment, quand on fait les lav'ries,
qu'on va aux foins et aux batt'ries,

qu'on pans' les vach' et les gorins,
qu'on port' des grouss' charg' sûs les reins,
qu'on sue, qu'on travaille et qu'on peine
par tous les temps, tous l'long de la semaine,
on n'apprend guère à s'attifer,
a s'blanchî l'teint, ni à s'coeffer ! —
Aussit, quand ej' voés nos fumelles
mett' de qués chapiaux d' demoiselles,
qu'ont des grands bords tout arvirés,
sûs leûs boun' gross' goul' ben plaisantes,
ovec leûs joues roug' ben r'luisantes,
leûs ch'veux ben liss' et ben tirés,
î m' sembl', en en r'gardant quéqu'eunes
qu'on a mis sû n'eun' boul' de fort
ein rondiau à sécher les preunes...
Enter nous, voyons, j'ai point tôrt !

. . . .

Et qués chapiaux, qué bouillées d' fieurs,
qués salad' de tout' les couleurs,
qué barg' de paill', qué mûlons d' plumes...
c'est des jardins, des champs d' légumes !
Des foés, c'est à peine s'î pourrait
n'en t'nî ein sous n'eun port' charr'tière ;
et d'auters foés, î n'en pass'rait
d'euss' trois ensembl' par eun' chattière ;
y en a qu'ont la form' d'ein boissiau,
d'aut', d'ein pagnier; d'aut', d'eun' castrolle ;
et sûs tout ça, des tas d'oésiaux :
des ageass', des pics, et des grolles,
et des puput', et des coucous,
qui lèv' la queue, qui batt' des ailes,
Qui baîll' du bec, qui dressent l'cou !
La moins glorieuse d' nos fumelles

port' pour tout l' moins l' croupion d'ein jau
qui fértille au d'sûs d'son musiau...

. . . .

Faut-î ponmoins qu' les femm's sey' bêtes
de perd' leû temps et leûs écus
à seul' fin de s' fout' sûs la tête
c' que les oésiaux, euss, port' au.. t' part !

Cheuz nous

A Frédéric Mistral.

Cheuz nous, c'est point ein défaut
que d'êt' porté sûs sa goule,
et c'est point en l' chassifiau
qu' j'aurons jamais des ampoules :
j' sons d'ein pays si plaisant,
et d'eun' si parfait' nature,
que ren n'y manque au paisan,
la boète, ou la vivature ;

et ça n' s'rait guèr' mériter
tout ça que l' Bon Dieu nous donne,
que de n' point en profiter !
Aussi, faut point qu'on s'étonne

que j'y mettions ben du soin :
j'aimons ben qu'nout' frip' sey' bonne,
et pour ça, j'avons besoin
de prend' conseil ed parsonne !

A la brun', quand les fagots
fiamb'nt et baul'nt en les ch'minées,
ya des bonn's sent's de fricots
qui mont'nt avec les fumées ;
et c'est point, coume à Paris,
ch'minées et fumées d'usines :
y faut à nos bourgs fleuris
ch'minées et fumées d' cuisines !

Ah, malheureux villotiers,
qui vous créyez ben notables
Pa'sque chez voûs gargottiers
Ya des dorur's sûs les tables,
et des plats trop ben parés,
ovec des noms longs d'ein mètre,
et si tell'ment préparés
qu'on n' sait pûs c' que ça peut être,

v'nez donc goûter, ein jour,
les frigouss's ed nos marraines :
arrêtez-vous en qeuqu' bourg
au long de la Loére ou d'la Maine,
et laissez-vous, sans effort,
tenter par la porte ouvarte
de l'Auberge du *Lion-d'Or*,
de l'*Ecu*, ou d' la *Croix-Varte* :

La maison, en tuffeau blanc,
n'est ni ben grand' ni ben haute ;

a n'a ren d'épastrouillant...
c'est eun' maison coume eune aut'e,
avec étage et guernier ;
ya-t-ein jeu d' boul's par darrière,
eun, cour, et ein poulailler ;
et pis, jusqu'à la rivière,

on voét dévaller l' jardrin
enter les carrés d' salade
et les bouillées d' rémarin ;
à drèt, ya-t-eun' palissade
et coume eun' façon d'hangar ;
sûs la gauche, eun' petit' prée
bordée d'eun' rangée d' brouillards,
où qu'on met sécher la buée.

En l'dedans, tout est ben clair :
sûs la napp' sans mirolures
qui sent l'iris et l' grand air,
point d'attifiaux ni d' dorures ;
point d' rideaux d' soée ou de veloux...
mais on voét l' ciel par la f' nête,
et l' coûteau, d'ein bleu si doux
Qu'on n'sait point yoù qu'î s'arrête...

Point d' ces gâs en habit noér
embusqués darrièr' chaqu' chaise,
mais, ben agréiante à voér,
Marie-Louise, ou ben Thérèse,
qui, tout en passant les plats,
n'tient point sa langue à la chaîne,
et, des foés, rit aux éclats
Quant' on dit des rigourdaines....

Icit', les fricots d' poésson
et les fricassées d' volaille
sont présentés pour c' qu'îs sont,
et n' s'attif'nt point d'noms d'batailles ;
et c'est-î point pûs fréiant
d' senti leû' franc goût d' nature,
qu' la poéson d' voûs restaurants,
leûs sauc's, qu'ont l'air de peinture ?

V'là l' poésson frais tiré d' l'eau,
Qui r'mue encôr les nageoàres ;
choissez : Carpe aux preuneaux,
brêm' farcie, alous' de Loérc
sûs n'ein fars ben gouléiant ?
Ou ben, d' l'anguille en bouill'ture ?
Ein grous brochet au beurr' blanc ?
Ou des gardons en friture ?

Pîs, des gogu's grâlées à point,
d' la saucisse et d' la rillette ;
des rilleux grous coum' le poing
en mûlon sûs eune assiette ;
ein pâté, le beurr' du jour,
des œufs ben frais en om'lette ;
ein cû' d' veau rôti en l' four,
et du poulet en blanquette !

La légume est à l'av'nant :
n'en v'là d' tout' fraîche à plein's bottes ;
d' la salad', du fromag' blanc,
des crêmets et des caill'bottes ;
v'là des fruits d' saison, ben sains :
abricots dont l' jus découle,

poir's, pêch's, preun's, castill's, raisins,
frais's, qui vous perfum'nt la goule !

Et tout ça, ben entendu,
vous n' le mang'rez point sans boére...
mais point d' l'eau... C'est défendu :
on la réserve pour la Loére,
qui s'a tell'ment échauffé
à vouloér êt' navigable,
qu'a manq', des foés, d'étouffer,
à caus' qu'a' n'a trop pris d' sable !

Mais, si l'eau vous fait défaut,
vous n' mourrez point d' la pépie :
Ya du vin tant qu'î n'en faut ;
la cave est assez garnie
pour que vous puissiez trinquer,
et vous manqu'rez aux bouteilles
avant qu'a n' vous ay'nt *manqué*,
auriez-vous l' ventr' coume ein' seille !

Voilà les vins du Layon :
Beaulieu, Rablay, Thouarcé, Faye,
doux coum' le miel en rayon,
chauds coum' le soleil qui raye ;
voilà la Coulée d'Serrant,
Saint-Barthél'my, Savennières,
qui tienn'nt ben aussi leû rang,
ovec ceuss d'la Possonière ;

Ceuss d' Saumur et d'alentour :
Montsoreau, Parnay, Dampierre,
Varrains ou Saint-Cyr-en-Bourg,
et leû si plaisant goût d' pierre ;

l' Champigny, qu'a la couleur
et la senteur des framboéses...
et l'on n' sait quel est le meilleur,
vin d' tuffeau, ou vin d'ardoése...

Et quant' vous aurez goûté
— vous faudra ben queuq's séances —
de tout ça que j'vins d' noter,
et de c' que j' pass' sous silence,
en r'gardant autour de vous,
vous pens'rez qu'on est ben aise,
que l'air qu'on respire est doux,
qu' la vie n'est point si mauvaise...

Lors, vous comprenderz l'Angevin,
point faignant, mais ben tranquille,
ein p'tit porté pour le vin,
craignant la peine inutile
et vivant sans trop d'effort...
Et vout' reflexion s'ra p'têtre
qu'î n'a point tout à fait tôrt,
puisqu'î peut ben se l'permettre !

Veille de Fête

A Guillaume Carantec.

C'est d'main, vingt-cint' juin, et dimanche,
que s'tînt l'Assemblée d' Saint-Clément,
et tout l' bourg est en tervir'ment :

Dempis l'Aubarge d' la *Croix-Blanche*
qu'est en haut d' la coût, jusqu'en bas,
chez Bréhéret, au *Café d'France*,
c'en est, d'ein train et d'ein rabât !

En tout's les maisons, c'est la danse
des balais d'brande et des lávoérs...
frotti-frotta... les ménagères
a veul'nt tout nettir avant c' soér,
et faut n'entend' ed qué manière

a frombray'nt la piace à grands coups...
l'eau dégouline à plein's seillées :
et ça n'agréy' point aux marcous
qui vont, les patt's écarbeillées,
avec un air ben dégoûté :
i' n' sav' vantié pûs où s'cuter !

On dirait qu' les maisons n'en bougent !
le rûssiau, au long d' ses pavés,
 coul' coum' du sang, tant qu'î n'est rouge
de tant d' carreaux qu'on a lavés...
I faut ben qu'ein chacun s'apprête,
et ça n'est point tous les jours fête !

L' chartutier, Maît' Ugèn' Bodin,
a tué ein gorin d'à matin,
et î sôrt de sa maisonnée
eun' forte sent' de rillonnée :
les chiens qui pass, en r'lèv'nt le nez
et s' fripp' la langu' sûs les babouines
Coum' si c'était pour leû' dîner
qu'on fait à l'exprès la cuisine...

. . . .

Bodin n'est point rin qu' chartutier :
Les dimanch's, en pûs d' son méquier,
i n' est fratrès et parruquier,
— coume î dit, faut ben changer d' couannes ! —
et astheur î r'pass' ses rasoérs
pendant qu'sa femme et sa fill', Jeanne,
arrim'nt eun' manièr' de r'pousoér
avec des sauciss's en guirlandes
entèrbouéchées d' fleurs en papier ;
pis, ben rangés, l' boudin, la viande,
la têt', les jambonneaux, les pieds

attifés d'poignets à dentelle,
et les rillett's et les rillons...
c'est vantié tout coume eun' chapelle
yoù qu' doét passer la procession !

L' pér' Bournigault, l'ancien gendarme,
qui tînt l'Tabac et qui vend vin,
fourbit, coume auterfoés ses armes,
Ses balanc's et ses m'sur's d'étain...

Chez Mam' Bouju, qui tînt « Merc'rie,
Pot'rie, Ferblant'rie, Epic'rie »,
la sarvant', jouquée sûs n'ein banc,
récur' la f'nête ovec du blanc,
et la maîtress' fait l'étalage :
en l'mitan, eun' cloche à fromage
où qu'ein gruyèr' sue coume ein pied
sû' ein' découpure en papier ;
d' chaqu' coûté, a met eune image :
« Fil au Chinoés », « Sardrin's Amieux »
enter deux pichets en verr' bleu ;
en d'ssur, ein' lantarn' d'écurie,
ein pot d'chambe, ein' pair' de houssiaux ;
et pis, en l' bas, des bombonn'ries,
des pip's en suque et des flûtiaux,
des canett's, et d'aut's affûtiaux
pour sarvî d'amusette aux drôles
qui s'arrêt'nt terjous un moment
à r'garder, en quittant d'l'Ecole...

Les v'là qui sort'nt tout justement,
en crâillant, brâillant... qué musique !...
mais îs n' font point grand cas, à c'soér,
de Mam' Bouju et d' sa boutique ;

faut crair' qu'îs n'ont aut'chouse à voér,
car îs s'encour'nt tout d'eun' treulée,
coum' des poul's qui prenn'nt leû volée
quant' on leûs apport' la pâtée :

C'est qu'îs sont ben en berdindin
d' penser que n'ya des baladins
arrivés d'ressiée sûs l' placîte,
et vl'à pourquoé qu'îs vont si vite ;
et jusqu'à la nuit y rest'ront,
époustoufflés et les yeux ronds,
à r'garder monter les baraques ;
« Là, c'est n'ein tir !... là, ein massaque ! »
l' Tourniquet « qui gangne à toup coup »... !
et pis là, sous c'te grand' cabourne,
V'là les « Ch'val de boés », où qu'on tourne
Ein' minut' ed rang pour ein sou !...
Et les mains serrées sûs leûs poches,
îs compt' déjà en leûs caboches
Comben qu'îs pourront faire ed tours...

. . . .

C'te nuit, îs les voéront en rêve,
et îs s'éveill'ront avant l' jour !

. . . .

Astheur' voilà la brun' qui s'lève :
I faut rentrer à la maison
yoù qu'on les appelle à la soupe :
« Mélie !... Arness' !... Sapré poéson !
« Si j' te vas chercher, mouvais' troupe,
« attends ben voér c' que tu prendras !... »

Alors, îs s'en r'venn', mais sans presse...
et tout-à-l'heure on entendra
les craillées d'ein queniau qu'on fesse ;

Ça s'ra Mélie, ou ben Arnesse,
qui s'esspliqu' avec leû maman...

C'est d'main l'Assemblée d' Saint-Clément,
et tout l'bourg est en tervir'ment !

Ma vieille
Ormoère

A Mme LHERBAY.

Quant' on a, tout l' long d' la s'maine,
et du matin jusqu'au soér,
ben trimé, ben pris d' la peine,
on est ben aise d' pouvoér
enfin se r'pouser, l'dimanche :

Pour aller à la grand' mess',
Chaqu'ein pouille eun' chemis' bianche,
et s' fait raser chez l' fratès ;
pis, vars l'église on s'dépêche :
on acoute... ou ben on dôrt
Tandis qu' Monsieur l' Curé prêche,
mais on s' rattrapp' quant n'on sôrt !

Faut n'entendr', sur el placite,
S' bonjourer les feill's, les gâs !

On s' bige, on s' cause, on s'invite
à prend' ein verr' chez Lucas ;
ya Chanlouineau, l' gard' champête,
qui fait rouler son tambour,
et qui crie, du haut d' sa tête,
les darnièr' nouvell' du bourg :
« Qu' la mér' Loésau, d' la Gârrière,
a n'a pardu t'ein piron ;
qu'on a volé ein' barrière
en la prée au fî Baron ;
qu'on va ragrandî l'écôle
du coûté d'chez Maît 'Poét'vin ;
et que l' Comice Agricole
s'ra l' vingt-cinq du moés qui vînt ! »
Et pîs, î tap' sûs sa caisse
encôr ein p'tit rigodon...
Dans les aubarg's, c'est eun' presse :
on crie, on braîlle... allez donc !

Pis, c'est la darniér' tournée :
on s'en r'vînt à la maison,
et, tout l'restant d' la journée,
on s'occupe à sa façon :
Y en a qui treul'ent en l'village ;
et d'aut' qui, pour s'amuser,
passent l' temps en bracounage :
c'est un coup à s' fair' béser
par les gendarm' ou les gardes
qui sont cutés en queuqu' coin,
si ça leû dit, ça les r'garde ;
pour moé, je n' m'y risque point,

Les gâs vont à l'Assemblée
de queuqu' bourg en par icit'
yoù qu' les feill' ed la Vallée
iront pour danser aussit'
D'aut', pus vieux, jouent à la boule,
aux aluett', au p'tit palet...
Y en a meim' d'aucuns qui s' soûlent !

Pour moé, ren d'tout ça n'me plaît :
Quant' j'ai fini mes affaires,
j' m'en m'vîns, ben directement,
au p'tit bien qu' mes pére et mére
îs m'ont laissé en mourant :

C'est point meime eun' borderie,
et ya point grous d' terre avec ;
c'est ren qu'eun' méchant' biqu'rie ;
le terrain y est putoût sec ;
î n' s'rait point d'ein' ben grand' vente,
La maison n' vaut guér', non pus ;
a n'est point ben conséquente :
ya t'ein p'tit guernier en d'ssus ;
En bas, ein' sall', qu'est point grande ;
ein jouc à poul', ein fournî ;
ein' cabourn' couvarte en brande...
l' tour en est bientoût fini !

Et quant', par ein' port' si basse
qu'î faut s' courber pour entrer,
on s'trouve en l'dedans d' la place,
c'est guèr' pûs riche à montrer :
En l' mitan, y a la ch'minée,
yoù qu' la cramaillére et l'pot
brandill'nt parmi la fumée ;

pis, en d'ssûs, croché ben haut,
ya l' fusî d' mon grand-grand-pére
qui dôrt sûs ses deux grous clous,
l' fusî qu'a vu la grand-guerre
et qu'a fait la chasse aux loups ;
l' chap'let d' Lourd', où qu' ma défunte
a perié l' jour de sa môrt ;
ein Bon-Dieu; queuqu's imag' peintes ;
l' numéro d' tirage au sôrt
de mon pauver grand gâs Pierre
qu'est mort à Perth' les Hurlus
et sa médaill' militaire
d'ssous son portrait en Poélu.

Sûs la gauche, au bas de la f'nête,
— ein pauv' châssis d' troés carreaux —
ya ben just' plac' pour la maît'.

En fac', sous sous ses grands ridiaux
en sarge vart' galonnée,
l' lit où qu' tous les miens sont môrts,
ein d'ces grands lits à carrée
qui font cinq pieds d' bôrd à bôrd ;
î tient tout l'coûté d' la chambe...
on y a point épargné l'boès !

Pis, en r'gard du feu qui fiambe,
c'est côr ein' chous' d'auterfoés :
ein' ormoére, ein' grande ormoére
en poérier, piquée aux vars,
qu'est si vieill' qu'a n'en est noére
et qu'a s' tînt ein petit d'travars.
A n'est pas d'ces pûs jolies ;
dessur, n'y a ren d'esculté ;

a n'a deux grand' fich' polies
au long des port', sûs l' coûté ;
c'est p'têt' ses entrées d'sarrures
qu'a n'a vantié d'pûs curieux,
pas's' qu'a n'ont queuqu' mirolures...
encôr, c'est pas ben précieux ;
meime a n'est pûs guér' solide :
J' l'ons calée, pour êtr' pûs sûr ;
par en d'ssur, j'y ons mis des brides
pour la maint'nî cont' el' mur.

   Et pourtant c'te vieille ormoére,
pour moé, c'est coum' ein trésor ;
jamais vous n'vouderiez m' croére :
j'la prise autant qu' son poéds d'or...
Si vous saviez, quand ej' l'ouvre,
tout c' que j'y trouve d' souv'nî !
A tout instant j'en découvre :
C'est coum' si j'voyais rev'nî,
en l'carré noér ed ses portes,
tous mes parents décédés...
c'est des Môrts, et pis des Môrtes,
qui sont là, à me r'garder...
Et moé, j'en ai point d' méfiance ;
î m' sembl' que j' cause avec eux ;
j' leû dis quant' j'ai d' la souffrance,
et ça m' rend pûs courageux...

. . . .

C'est là, en c'te place, à drète,
qu' mon pére a terjous caché,
en d'ssour d'eun' pile d'sarviettes,
l'argent, au r'tour du marché ;
ces draps-là, c'est ma grand-mére
qui les a filés, en l'temps ;

c'était ben la boun' magnière :
ceuss' d'aujourd'hui n' dur'nt point tant !

Sûs c'te planch' qu'a un peu d'pente
ma pauv' mér' serrait son fait',
et j'respire encôr la sente
des lavand' qu'a n'y mettait :
Voilà côr ses coéff' brodées,
son d'vantiau d'soée, son mouchoér,
sa bell' point' tout' mirodée,
et l' grand capot en drap noér
qu'a portit quand a fut veuve ;
v'là la taill', garnie de v'loux
et la jupe, encôr tout' neuve,
qu'ont fait aut'foés tant d' jaloux
quand, sur l' placît' ed' l'église
où l' Curé v'nait d'nous bénî,
j'somm' sortis, avec ma Lise...
I m' sembl' que j' nous voés rev'ni,
elle avec sa coeff' tout' bianche
piquée d'ein fieur d'oranger,
moé dans ma bious' des dimanches,
vers nout' petit bordager...
Ça n'fut point ein' ben rich' noce ;
j'en avions guére l'moyen :
la dépense en fut point grosse...
j'avions chaqu'ein guére d'bien,
mais ça n'empêch' que, tout d' meime,
on s' plaisait ben tous les deux :
C'est ein' richess', quand on s'aime,
et, d' fait, je fûm' ben heureux !

Et pis v'là, en c'te p'tit' boéte,
queuqu's souv'nî's d' mon pouver gâs ;

la cocard' qu'î s'était faite
quand î dut partî soldat ;
son liv' de prix à l'école ;
son brassard ed commugnion...
J'crés l'voér encôre, l' pauv' drôle,
qu'était alors si mignon !

    .   .   .   .

Is sont là, les vieux, les vieilles,
la maman et le p'tit gâs,
qui vienn' me dire à l'oreille
chacun leû p'tit mot, tout bas...
Et c'est ainsi que, l' Dimanche,
j'sés, quoéqu' seul, ben visité :
enter queuqu' méchants bouts de planche
je r'trouv' toute ein' société ;
et j'rest' jusqu'à la nuit noére
d'vant les deux battants ouvarts
d'mon ormoér', d'ma vieille ormoére
en poérier, piquée aux vars ! !

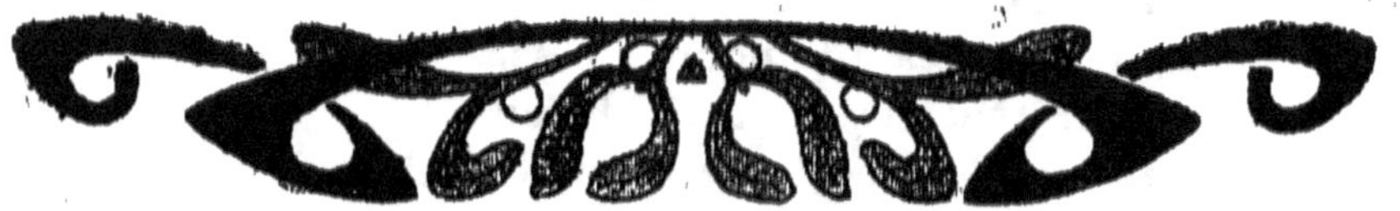

Cemetières

A Eugène Roussel.

En montant l' bourg, à mi-coûte,
ein peu en l' debas d' la route,
nout' vieux clocher est planté :
On dirait d'ein houm' de pierre,
et, qu' sûs l'église et l' cem'tière
î pench' la têt' de coûté.

L' clocher, l' cem'tière et l'église
sont ben anciens, à c' que disent
les savants qui pass' par là :
îs n'en font d' grand's devinées
et parl' de centain's d'années,
quéqu'eins d' mille, ou par delà...

J' n'entends point clair en leû's comptes,
ni terjous en c' qu'îs racontent,
des foés qu'îs parl' en latin ;
mais, pour c' qu'est d'avoér ed l'âge,
c'est vrai vieux, et dans l' village
j'en sons ben sûrs et certains :

Nout' clocher et ses pierr' noéres,
de si loin qu'on ay' mémoére,
tel on l'a terjous connu ;
et, dans la terr' du cem'tière
les anciens d' nos grands-grands-péres,
l'ein après l'aut' y sont venus !

Y en a ben ein autre, astheure,
à l'écart de tout' demeure,
et qu'est côr tout battant neuf,
que Monsieur le Maire a fait faire
de l'aut' bord ed' la rivière,
au printemps d'mil-neuf-cent-neuf :

Avec ses carrés d' verdure,
ses buis taillés en bordure,
ses routins ben râtissés,
î n'a, putoût qu' d'ein cem'tière,
la min' d'ein jardrin d' notaire
où qu'on os' ben just' jasser ;

î n'a des murs ben solides,
eun' porte en fer qu'est splendide,
haut' vantié coum' eun' maison,
avec des sarrur' qui brillent...
Sous ses chaîn' et sous ses grilles
les môrts sont coume en prison !

Tandis qu'en c'ti là d' l'église
îs sont couchés à leû guise,
chaquein en l' sens qui n'y plaît,
sous l'harbe haute, où qu' leû's dalles
sont égaillées en pagale
parmi des bouillées de g'nêt ;

sûs leûs tomb's tout' vartes d' mousse
ya des arganciers qui poussent
et qui sent'nt à bon l'été ;
et, pour habiller les pierres,
en tout' saison ya des lierres
que parsoun' n'a vu planter :

C'est tranquill', mais sans tristesse :
ya des oésiaux d' toute espèce
qui chant'nt chaquein leû' chanson,
et des pigeons qui roucoulent ;
des foés meime, i vînt des poules
picouter d'assous les buissons ;

on entend, en l'voésinage,
tout l'bruit qui s'fait au village
au long du jour... et j' sés sûr
qu' ceuss' qui sont là, îs l'écoutent,
et qu'îs voéent l' mond' sûs la route
par les éboulis du mur ;

dans leû' vieux clocher, tout proche,
c'est ein p'tit pour eux qu' les cloches
sonnt'nt la messe et l'angélus ;
et l'église est si voésine
qu'îs doiv'nt ben prendr', j'imagine,
leû bonn' part des orémus ;

î m' sembl' qu'en leû' compagnie,
ein' foés la journée finie,
î f'ra bon dormî, ein jour ;
et j' voudrais qu'îs m' fass'nt ein' place
pour mett' ma pouver' carcasse
quant' c'est que vîndra mon tour.

Is sont trop trist's, les cem'tières
plats coum' des jardrins d'notaires,
trop neufs et trop ben rangés,
où qu'sous les chaîn's et les grilles
les défunts, loin d' leûs familles,
n' sont pus ren qu' des étrangers !

Progrès

A Paul Sonniès.

T'es de retour, enfin, de l'Ecol' Normale,
t'as tous tes brevets, t'es Instituteur !
De t' voér, mon p'tit gâs, c'est ein' vraie régale :
t'as ben travaillé, et ça t' fait honneur !
Astheur, que tu dis, tu possèd' la Science ;
t'as réponse à tout sans hésitation...
moé, l' peu qu' j'en counais, c'est par esspérience...
ça s' pourrait ben êtr'... vantié, qu' t'as raison...

Le pûs biau cadeau de la République,
c'est, dis-tu, l' savoér qu'al' nous a donné,
et qu'il a fallu qu'yait l'écol' laïque
pour qu'on sache enfin c' que c'est qu' raisouner...

Je n' dis point, ben sûr qu' ça seye inutile,
mais j' crérais, ma foé, à ben t'écouter,
qu' nos anciens n'étaient ren qu' des imbéciles...
Pour ça, mon p'tit gâs, j' préfère en douter !

Tu m' dis qu'auterfoés les gens d' la Noblesse
faisaint la vie dure au pauver paisan,
qu' les curés l' forçaient d'aller à la messe,
et qu' les moèn' buvaient sa sueur et son sang ;
que Roés et Seigneurs vivai'nt d'sa misère,
et que l' laboureur, en sa pauv' maison,
N'mangeait qu' du pain noér et des poum' de terre...
ça s' pourrait ben êtr'... vantié, qu't'as raison...

Tandis qu'aujourd'hui ya ben pus d'justice :
tous les citoilliens sont égaux entre eux...
Mais ça n'empêch' point, j' te l' dis sans malice,
qu'y a ben des brav' gens qui sont point heureux,
et qu'ya des voleux qui sont miyonnaires...,
Crais-tu ben, vraiment, qu' c'est d' l'égalité,
et qu' ça vaill' ben mieux que l'ancienn' magnière ?
Pour ça, mon p'tit gâs, j' préfère en douter !

Mais t'ajout' encôr qu'en c' temps-là les prêtres
achalaient les gens d' leû' galimatias ;
qu'avec les sorciers, îs étaint les maîtres ;
et qu'îs traitaint l' mond' coumme autant d' pétras ;
enfin, pour tout dir', qu'auterfoés la France
a' n'était pourrie de superstition ; ;
que l' Clergé maint'nait l' Peupl' dans l'ignorance...
Ça s' pourrait ben êtr'... vantié, qu't'as raison...

Seul'ment, quand tu m'dis qu'c'est du fanatisme
de périer l'Bon Dieu d' meim' que nos anciens ;

qu' c'est d' la réaction et d' l'obscurantisme
d' vouloér qu'on sey' faits auterment qu' les chiens ;
que d'craire à queuqu' chous', c'est ren qu'des bêtises,
et, pour que l' mond' pens' en tout' libarté,
qu'î faut foutre en bas l' cloucher d' nos églises...
Pour ça, mon p'tit gâs, j' préfère en douter !

Tu racont' enfin que c'est magnifique
de voér les progrès de l'esprit humain :
qu'on n' va pu ren fair' qu'à la mécanique,
que ça supprim'ra l' travail à la main ;
que meim' les charrues s'ront automobiles ;
qu'on n'arrêt'ra pus dans les inventions
Tell'ment qu' les savants sont dev'nus habiles...
Ça s' pourrait ben êtr'... vantié, qu't'as raison...

Je n'dis point qu'tout ça n'sey' point ben r'marquable,
mais n'empêch' qu'ein jour on s'ra ben forcé
— en dépit d' la Scienc' la pûs admirable —
de mourî tertous coumme au temps passé,
et malgré qu'on séy' au Siécl' des lumières
— qu'ça séy' cell' du gaz ou d' la 'ctricité —
de prendr' sans voér clair le ch'min du cem'tière :
Pour ça, mon p'tit gâs... j'en puis point douter !

Lettre à Marie

A MAURICE COUALLIER.

Musique de E. DAVID-BERNARD

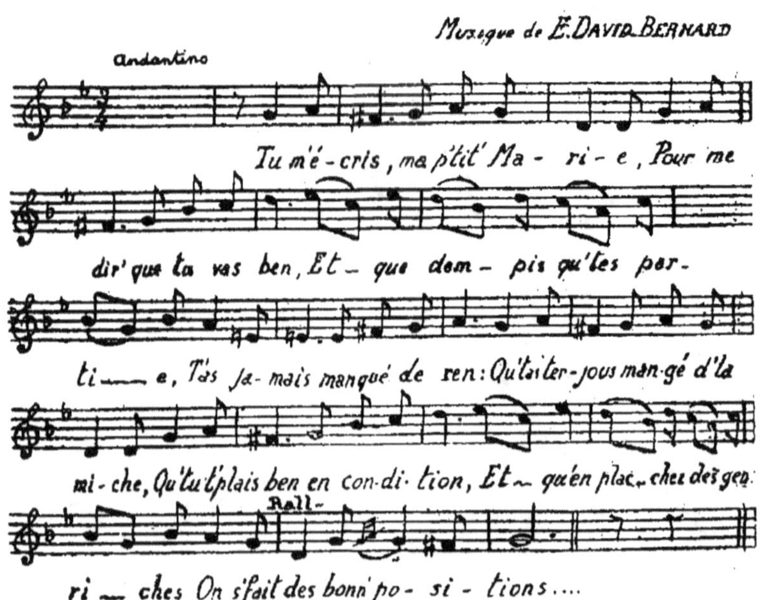

Tu m'écris, ma p'tit' Marie,
pour me dir' que tu vas ben,
et que, dempis qu' t'es partie,
t'as jamais manqué de ren ;
qu' t'as terjous mangé d' la miche,
qu' tu t' plais ben en condition,
et qu'en plac' chez les gens riches
on s' fait des boun' positions...

J' sés ben ais ed' tes nouvelles
et qu' tu séy' en boun' santé ;
mais c'te lettr' là n'est point celle
sûs laqueul' j'avions compté :
Quand j' t'ons écrit, l'aut' semaine,
j' t'avions pourtant ben demandé
de r'venî, tant j' sés en peine
de n' point t'avoér pour m'aider :

dempis qu'ta pauv' défunt' mère,
v'là troés ans, s'en est allé',
ça fut d'abord ton frèr' Pierre
qu'est parti coum' maît' valet,
ben loin, du côuté d' la Vienne ;
astheur que l'y v'là marié,
ça s'rait ben d'hazard qu'î r'vienne
ben souvent dans nout' quartier !

V'là-t-y pas qu' ton frère Ugène,
lui aussit, quitt' el' pays :
à compter d'la s'main' prochaine,
î va d'meurer à Paris,

au ch'min d' far ed Montpernasse,
yoù qu' Monsieur nout' Député
n'y a fait avoér eun' place
de facteur « pour débuter » !

J'ons donc quasi pûs d' famille,
astheur, pour vivr' quant-et-moé,
et j' pensions, ma pauver fille,
que j' pouvions compter sûs toé...
I m' faudra, en mon ménage,
vivr' ed' meim' que les vieux gâs,
avec des sarvant's à gages,
des valets qu'on n'counaît pas !

J' te doun'rais ben des nouvelles
d' la terr', des biés, ou des foins...
mais, pisque te v'là d'moiselle,
vantié qu'ça t'intéress' point..·
Ya s'ment nout' vieux chien Ripaille :
j' l'ons trouvé, l'aut' venderdi,
cûté en ein mûlon d' paille,
qu'était môrt, et tout r'ferdi !

En mon grand lit à carrée
yoù qu'souvent j' m' couch' el' soér
sans dormî d' tout' la nuitée,
j'pens' que d' meime on pourra m' voér
ein matin, bras et jamb's raides,
coum' nout' chien querci, tout seul,
sans seur'ment parsoun' qui m'aide,
enter mes draps pour linceul...

Alors, coum' tu r'vîndras p't-être,
au moins pour mon entarr'ment,
dis au Curé qu'î m' fass' mettre
pas loin d' ta pauver maman,
en la d'vallée du cem'tière
qui touch' à nout' pièce ed' choux,
pour que, meim' quand j' s'rai en terre,
j' séye encôr tout près d'cheuz nous !

Chansons d'aut'foés

A E. David-Bernard.

Quant' j'entends, dans les assemblées,
les noces, les fêtes, ou les veillées,
nos gâs, pour point paraîtr' paisans,
chanter les chansons d'à présent,
ça m' fait deuil : A sont tell'ment bêtes
qu'ça serait à n'en pleurer, des foés,
ou ben alôrs si guère hounêtes
que je r'grett' nos chansons d'aut'foés !

Y en avaint d'aucun's qu'auraint, p't'être,
pu fair' rougî ein Monsieur Prêtre,
— ein jeun', s'entend, pasque les vieux
n'sont point émoyés pour si peu —

C'étaint point terjous des cantiques...
Ah ! dam !... C'est qu'y n'étaint pas d' boés,
les bounhoum's, dans les temps antiques,
qu'avaint fait nos chansons d'aut'foés !

A'n n'étaint libr's. A'n n'étaint gaies,
ben sûr pas terjous distinguées :
A disaint les chous's comme a sont,
ovec des mots d'cheuz nous, tout ronds !
Mais astheur' nos gâs et nos feilles
s'raint trop honteux d'parler patoés :
y a pus qu' des vieux ou ben des vieilles
qui chant't côr nos chansons d'aut'foés !

Et moé, qués vieill's chansons, j' les aime :
si a n' plais'nt pus aux villageoés,
j' rest'rai l' darnier, s'y faut, quant' meime,
à chanter nos chansons d'aut'foés !

Au Conscrit

A E.-L. Duquesne.

Astheur' mon gâs, tu t'en vas au service,
et v'là l'moment qu' tu vas changer d'état :
en lieu d' labour, on t' f'ra fair' l'exercice,
et de paisan te v'là devn'u soldat !
mais ça t' fait deuil d'abandonner ta terre,
t'aim'rais rester laboureur ou vign'ron,
et t'as point d'goût à partî militaire...
qué qu' j'aurions dit, nous aut' les gâs du Front ?

Tu m'diras p'têt' que c'est ben grand doumage
de perdre l' temps, ein fusî en les bras,
quant' par chez toé î n' manqu'rait pointd'ouvrage
ben pus pressante et d'ein meilleur pourchas ;

qu' ça n'sert de rin, et qu' c'est ben d'la dépense ;
qu' ça s'rait ben mieux, si l' monde vivaient en paix...
J' te dirais ben que, moé aussit, je l' pense
qu' ça s'rait ben mieux... mais c'est point encôr fait !

Ien a d'aucuns qui parlent d' « arbitrage » :
ein jug' de paix, vantié, ent' les Nations...
Si des voleux, sûs ton p'tit héritage,
veul'nt rapiner — c'est ein' supposition —
pour le garder, t'attends point les gendarmes :
tu compt' sûs toé, d'abord, pour pûs d' sûr'té !
Le pûs souvent, ia ren d' tel que les armes
pour conserver le bon droit d' son coûté !

J'sais ben, pardin' que c'est ben trist', la Guerre,
qu' c'est ben du Deuil, d' la Perte et d' la Douleur,
qu' çui-là qui gangne, î n'y gangne encôr guère,
et qu' pour tout l' mond' ça caus' ben du Malheur...
Tout ça, c'est vrai dempis qu' la Terre est ronde,
et, si c'est vrai, c'est point ein' nouveauté :
J' l'avions pensé avant qu' tu séy' au monde,
et mon grand-pér' l'avait point inventé !

C'est ben certain, pour éviter la Guerre,
puisque, autant dir' c'est eun' calamité,
l' pus sûr moyen, c'est d'êt' prêt à la faire,
et d'êt' ben fôrts, pour êt' ben respectés ;
Vois-tu, p'tit gâs, si tu tiens à la terre,
et si tu veux, pus tard, en tout' sûr'té,
labourer l' champ qu'a labouré ton père,
soés bon soldat... c'est pour la Liberté !

———————

Les Parcepteurs

A JEAN BAFFIER.

S'y faut en crair' nout' Maît' d'école,
qu'est, dit-on, ein houm' ben savant,
au temps des Roés c'étaint point drôle,
l'existenc' d'ein pauver paisan :
C'étaint à tout coup des red'vances
à son Curé, à son Seigneur,
ou ben aux sargents du Roé d'France,
qu'étiont, vanquié, des parcepteurs ;

I fallait payer la Gabelle,
la Taill', la Dîme, et la Corvée,
les Aid's ; enfin, toute ein' séquelle
d'impôts, à vous en fair' kerver !

... Mais anhuit, c'est eine autre affaire :
j'ons pûs de Roé, j'ons pûs d'Seigneur,
et les Curés, y n' coût'nt pûs guère...
seur'ment... j'avons des parcepteurs !

Faut tout dir' : J' somm's en République ;
j' somm's Citoyens, égaux en droéts ;
j' somm's libr's ; j'faisons de la politique ;
c'est nous que j'nous donnons des loés !
Enfin, j'nous gouvarnons nous-mêmes !...
Moé qui vous parl', j' sés électeur !
... Mais je n'sés point foutu, quant'meime,
d'envoéyer paîtr' mon parcepteur !

Bonhoum' paisan, doun' toé d' la peine ;
travaill' ben fôrt, à journé' pleine ;
n'épargn' ni ton temps ni ta sueur :
faut ben payer chez l' Parcepteur !

Adieux

à Maurice Couallier

Qui va s'emmieller...

Tu t'en vas et tu nous quittes,
tu nous quitt' et tu t'en vas
coum' le défunt Mardi-Gras...
J' te dis point d' payer ein lit'e ;
mais promets-nous qu' tu revîndras
d' temps en temps nous fair' visite...
ou tu n' s'rais qu'ein failli gâs
d'rester là-bas ben tranquille
et d'oublier les amis
qui d'meur'ront dans la Grand'Ville
à grouiller d' meim' que des formis,
terjous pûs fôrt, terjous pûs vite,
sans, ben souvent, qu'ça leû profite...
à courî coum' des dératés

après l'Métro ou l'autobusse,
et sans quasîment s'arrêter...

Pendant c'temps-là, à nout'santé,
toé, tu boéras, au cû d' la busse,
ein coup d' cid' ben frais en été ;
et, l'hivar, emprès d' la ch'minée,
tu rêv'ras, ben calme en ton coin,
en r'gardant monter la fumée ;
et tu pens'ras qu'on est ben aise
à s' tenî là, l' cû sûs sa chaise,
quant' y en a d'autr' qu'ont du tintouin.
Tu règleras l'temps à ton heure
sans t' préoccuper d'Honnorat.
Pis, tu sauras c' que tu mang'ras :
T'auras point coum' nous, en ton beurre,
ben moins d' lait d' vach' que de graisse d'bœû ;
t'auras d' la légume et des œûfs
qu'auront point trimballé troés s'maines
avant d' t'êtr' vendus pour tout frais ;
et tu pourras, sûs ton domaine,
au r'bours ed nous, vivr' sans trop d'frais !

Ainsi donc, entre Anjou et Maine,
laissant là tout l' bousin d' Paris,
à c' qu'on m'a dit, tu t'établis
coum' qui dirait barger d'aboueilles...
— y en a qui dis' qu' c'est point méchant,
et y en a d'autr' qui s'en effrayent ; —
en tous cas, c'tî-là qui les veille
n'a point l' souci d' les mener aux champs,
d' leû r'fair' trop souvent leû litière,
ni d' les panser, ou meim' d' les traire...
Ah dam', ben sûr, ça n' fournit guère

de fumier pour graisser eun' terre :
c'est du bestiau point encombrant ;
ça va tout seul à ses affaires,
et ça mein' tout ein p'tit trantran ;
ça va, ça vient, et ça vezoune...
on crérait, des foés, qu'ça raisoune
et qu' ça comprend coume eun' parsoune
a voér coument qu' dans leû bourgnion
— qu'est pour ell, coume ein vrai village —
al' s' comport', en leû réunion,
d'eun' magnièr' souvent ben pûs sage•
que tant d' chrétiens que j' connaissons :
c'est, vantié, la vrai' République,
et les gâs qui caus' politique
pourraient ben sûr leû prendr' des l'çons ;
meim, c'est l' modèl' des locataires :
ça pay' ben leû propriétaire ;
car, tous les ans, en r'marcîment
de c' qu'î leûs a donné l' log'ment,
al' n'y laiss, en guise d' red'vance,
assez d'miel à sa suffisance,
et ça n'y fait ein bon casuel...

... et, sûs c' propos-là que j' te cause,
j' voudrais ben qu' tu t' rappell' eun' chose :
c'est qu' si des foés t'aurais trop d' miel,
qu' t'en aurais, coum' ça, à charr'tées,
qu' tu nous en envoéy' eun' potée,
histoére ed voér s'î n'est franc' d' goût...
— c' que j' t'en dis, voés-tu, enter nous,
c'est point, ben sûr, par gourmandise :
mais pasque c'est, à c' que l' monde disent,
pûs souv'rain que l' sirop d' lumâs
pour la poitrine et l'estomac. —

Qui sait ?... queuqu' jour, j' te rverrons p't-être
rev'nî dans les esspositions,
coume ya déjà des Monsieurs Prêtres
qui s'y font des boun' positions...
c' jour-là, pour leû fair' concurrence,
î faudra, j' te l' dis sans erreur,
pouiller ta roupe ed' professeur,
et coum' ça, t'auras de l'apparence
— sans compter qu' ça n' serait point si sot :
c' que ça t'en f'rait vendr' des petits pots ! —

En attendant d'te retrouver d' meime,
va pourtant falloér nous quitter :
Là yoù qu' tu vas pour habiter,
oublie point les amis qui t'aiment...
oublie point non pûs d'emporter
ta boun' ligne à pêcher les brêmes...
emport' ta boéte à *vers* aussit !
Adieu, mon gâs, et bon voyage !
J' compernons ben qu' pour ton él'vage
tu n'pouvais point rester icit,
car en c' Paris où tout est sale :
les chous, les gens, la terre, et l' ciel,
on trouv' ben des mouch' en pagale,
mais ça n'est point des mouch' à miel !

Bounhoum' paisan

A HENBY CORMEAU.

Musique de DAVID-BERNARD

Comben qu'y eu a, d'qués gâs de la terre,
qui vont pour s'placer à Paris !
Sans s'douner d'mal, à les en craire,
on y gangn' tout d'suit' de grous prix...
mais on dépens' côr davantage :
Tout y est char, qu' c'en est honteux...
Et côr faut-î qu'is n'aient d'l'ouvrage :
ceuss' qu'en ont point n'sont guère heureux !
Aussi, ia point d'qué leu porter envie ;
y a pus d'profit à rester laboureur :
si peu qu'on gangne, on gangn' terjous sa vie ;
Bounhoum' Paisan, sais-tu ben ton bonheur ?

Faut voér qués logis misérables
ya pour niger les malheureux :
nos valets d'farme, au bout d'l'étable,
sont coum' des princ' à coûté d'eux :
îs sont des sept, huit, dans eun' chambe,
à péri de la chaud en été ;
l'hivar, coum' i a ni feu ni fiambe,
îs pass' les nuits à guerlotter !
Dans ton pailler, où qu't'as eun' plac' tout' prête
tu fais mérienn' quand î ya trop d'chaleur
et quand vînt l'fret, tu t'embour' dans ta couette...
Bounhoum' Paisan, sais-tu ben ton bonheur ?

S'î fallait, d'meim' que l'Evangile,
craire c'qu'on voét écrit partout,
dans tout' les aubarg' de la ville,
y aurait du bon vin d'Anjou...
Mais si tu savais qué bidrouille
îs n'ont de c'nom-là baptisé !...
on dirait du bouillon d'guernouille
où qu'tous les diab' auraint... passé !...
Y a pûs d' sûreté à boère l'vin d'ta vigne :
selon l'année, î n'est bon ou meilleur,
mais c'est terjous ein vin hounête et digne...
Bouhoum' Paisan, sais-tu ben ton bonheur ?

Tout y est char : le beurr', la volaille,
les œufs, la légume, ou le poésson :
là-bas, la pûs maiguer' poulaille
vaut pûs qu'icit ein grous piron.
Aussi faut voèr qués ratatouilles
îs vous font dans leûs « restaurants »...
seur'ment, pour sarvî leûs tant-bouilles,
y a des gâs en tabeliers blancs !

Des bons choux varts, ovec eun' rillounée,
Val'nt-î point mieux qu'leus plats d'empoisonneur ?
Du beurr' de pot', du lard dans la ch'minée...
Bounhoum' Paisan, sais-tu ben ton bonheur ?

Sûs la s'main' coum' pour el' dimanche,
î faut n'avoèr des biaux habits,
des poignets blancs au bout des manches,
en les pieds des souliers varnis ;
ça n' dur' ren, ça n' fait point d'usage :
à tout coup î faut n'en rach'ter...
on manqu' de tout en son ménage,
mais faut d'abord « erprésenter » !
Quand t'as pouillé tes sabots et ta blouse,
ben entendu, t'as pas l'air d'un Seigneur,
mais tu n' crains point de t'guéner dans la bouse...
Bounhoum' Paisan, sais-tu ben ton bonheur ?

Paris, si tu veux ben m'en craire,
n'est point fait pour les pauvers gens :
qu'ça sey' dormî, manger ou boère,
on n'y peut ren fair' sans argent.
Faut meim' dépenser quinz' centimes
pour aller... yoù qu'tu doés savoér...
— c'est tout d'meim' point ben légitime
que d'douner pour ne point r'cevoér ! —
tandis que toé quand t'as queuqu'chose à faire
— respect parler — qui s'fait sans procureur,
sans ren payer tu fartilis' ta terre !
Bounhoum' Paisan, sais-tu ben ton bonheur ?

Dans leûs rues, coum' dans leûs usines,
jour et nuit, c'en est, d'ein rabât !

D'entend' el train d'tout leûs machines,
ça vous fout la çarvelle en bas ;
le soér, après la journée faite
à s'guémenter parmi c'potin,
pour finî de s'casser la tête,
îs mont' dans l'Métroponitain !
Y a d'qué, ben sûr, foleyer dans leû ville :
ça n'est point sain de vivre à la vapeur :
auprès d'la Terre on est ben pûs tranquille...
Bounhoum' Paisan, sais-tu ben ton bonheur ?

Jusqu'aux défunts, qu'ont point leûs aises
en c'pays où tout est coûteux :
pour les rich' ya ben l'Pèr'-Lachaise...
les aut' ont Pantin ou Bagneux :
c'est quasi coume eun' fouss' commune ;
ben just' s'îs n'ont des numéros...
à Paris, î faut d'la fortune
meim' pour garder ses pauvers os !
Près d'ton église, au fond d'ton vieux cem'tière,
t'as, ben à toé, pour quand viendra ton heur'
ta plac' marquée auprès d'tes père et mére...
Bounhoum' Paisan, sais-tu ben ton bonheur ?

Lettre

à

Messieurs

les Députés d' Paris

A Ferdinand Bougère.

Si j'vous fesons passer c'te lettre,
Messieurs les Députés d'Paris,
C'est pass' qu'î vaut mieux nous counaître
qu' s'en rapporter à des on-dit...
Et y en a-t-eu, d' ces bobott'ries
sûs les Paisans, qui n'en peuv' mais :
J' serions vantié des sans-Patrie,
des nuisants, des mouvais Français ;
j'allions ruiner la République
et je r'nions la Fraternité...
et tout ça, à c' qu'on nous essplique,
passque j'pernons point « l'Heur' d'Eté » !

J' somm' d'eune osstination coupable
et j' fesons osstacle au Progrès...
J'somm' arriérés, indécrottables...
A vout' estim', v'là nout' portrait !
C'est ben vrai qu'à l'accoutumée
je r'gardons midi au souleil
à chaqu' jour qui vînt dans l'année...
J' vous ons-t-î forcés d' fair' pareil ?
Chaqu'ein est ben l' maît' en sa d'meure !
Et vous ét' libr', en vérité,
d' charcher midi... à quatorze heures,
Qu'ça séy l'hivar ou ben l'été...

Vous nous dit', counmme eun' chous' nouvelle,
qu'en se l'vant tôt, s' couchant itou,
on économis' la chandelle...
De vrai, j' nous en doutions tertous :
C'est point noûs dépens' d'éclairage
qui f'ront ein grand trou en l' budget ;
Point d' bec-ed-gaz en noûs villages,
point d'cinémas, ni d' mastroquets...
Si vous t'nez à l'économie,
cherchez la pûtoût d' voût coûté,
car, sûs l' rapport ed la bougie,
j'vivons tout l' temps à l' « Heur' d'été »...

J'pernons l' souleil coume î n'arrive :
dès qu'î s' lève, on quitt' la maison,
pour les labours, ou les métives,
tard ou tôt, suivant la saison...
S'î faut des loés aux gens d' la ville
pour se l'ver coum' pour se coucher,
fait' leû-z-yen, ça vous est facile,
meim' pour cracher ou ben s' moucher...

Nous, à chaqu' jour suffit sa peine,
n' nous d'mandez point d' les imiter :
j' changeons d'heure autant que d' semaines...
c'est côr pûs fort qu' voût' « heur' d'été » !

Et c'est d' meim' pour voût' « Loé d' huit heures »,
j' la suivons point — et c'est heureux :
Si vous pouvez manger du beurre,
du pain, d' la viande, ou ben des œufs,
c'est qu' j'avons point de « s'maine anglaise »,
nous, noût' bestial, ou noût' bass'-cour,
et qu' dans l' guéret ou dans la glaise
j' nous achalons tant qu'î fait jour...
— Faut pourtant vous donner ein gage :
 Je r'counnaissons qu' voût' « heur' d'été »
aurait pour nous ein avantage
sûs l'quel vous n'aviez point compté :

Comben d' foés j'courons à la gare
pour prendre l' train, craint' de l' manquer,
et que l'emploéyé nous déclare
quant' j'arrivons au bout du quai :
« Vous avez côr el temps d'attendre,
ya qu' soixante'-cinq minut' de r'tard ! »...
Alors, c'est facile à comprendre
qu'on pourrait rattraper c't écart,
et j' vous l'accordons sans dispute,
c'te foés, Messieurs les Députés :
car j'attendrions qu' cinq minutes,
si l' train marchait « à l' heur' d'été » !

Défunt Gorin

Nout’ gorin est tué d’à matin,
trépassé coume ein vrai gorin,
ovec des cris et des braîllées
qu’on entendait d’ tout’ la vallée.
Et, astheur’, tout’ la maisonnée,
les gâs, les marrain’, les queniaux,
et les voésins et les voésines,
sont tous après lî en cuisine :
le grand-pér’, î touill’ les rillaux,
les drôl’ font enfier la bousine
en buffant dans n’ein chalumiau,
pendant qu’la mér’, dans les boeillaux,
empoch’ les gogu’ à grand’ cueill’rées ;
tout autour, c’est ein’ vrai’ curée ;

chaquein tire à lui son morciau ;
à coup d'hach'reau, à coups d'coutiau,
on coupe, on sal'... tertous travaillent !
Et moé, de voér ces fénérailles,
j' pens' que n'y a des chréquiens, vraiment,
qui n'auront point, assurément,
autant d' monde à leû entarr'ment :
Défunt Gorin, tout l' long de sa vie,
n'pensait qu'à soé : à ben manger,
à s' tenî la pans' ben remplie,
à boére, à dormî, à fouger
dans l' gigourit et dans la bouse
pour toujoû fricotter queuqu' chouse,
et n'aimait point êtr' dérangé...
Et d' meime, y a des mauvais riches
qui n' sont point partageux d' leûs miches,
 qui n' pens' qu'à toujoû s'arrondî,
qu'leux enfants espèr' à mourî
pour enfin avoér leû tir'-lire ;
et qu' c'est d' ceuss'-là qu'on entend dire,
respect ed' vous, coum' de nout' pôrc :
qu'îs n' f'ront du ben que' quant' îs s'ront môrts !

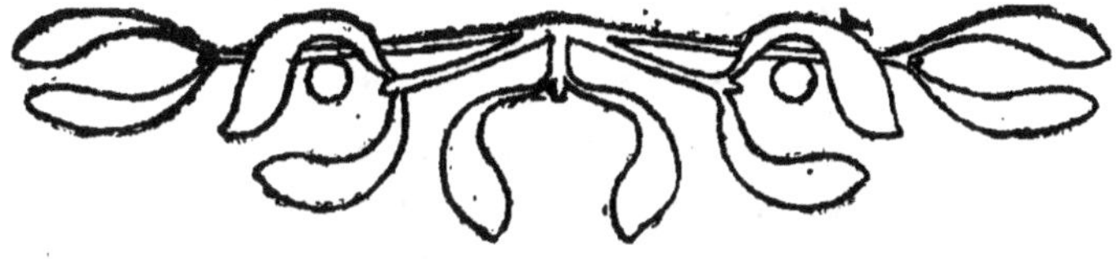

Le Caïffa

Berlindindin, berlindinda !...

Dévallant la rue du village,
voilà l' « Planteur de Caïffa » !...
C'est pas moins d'ein' belle équipage :

D'abord, le maît', ein faillis gâs,
ein' manièr' de grand roul'-ta-bosse,
qui s'en va d'vant sûs son veloce :
I n'a ein' cassiette à galons,
et ein' barre à son pantalon
vantié tout d' meim' qu'ein mélitaire...

Pis, ya son chien qui vint darrière :
ein grand chien bringé, tout galoux,
qui tire après lui eun' bagnole ;
et faut n'entende c'te carriole :
on diraint d'ein d'mi-cent d'castrolles
qui berloqu'raient sûs des cailloux !
Ça va en tirant des bordées,
ça chambranl' de cul et d'bédée,
berlindindin, berlindindin,
en berdansant parmi les rouères !

Ya d' ça huit jours, el baladin
î s'en r'venait à la nuit noére
en suivant d' près l' bord d'ein foussé...
. . . .
Coument c'est-î qu'ça s'est passé ?
J'en savons trop ren ; mais faut croère
qu'î n'aura chu sur eun' ségoère
ou déripé... terjous est-î
que l' gâs, le chien, et la bérouette
s' sont trouvés l' cû par dessus tête,
ben ennaivés dans l' gigourit !
I criait, sans qu'ren y réponde :
« A moé ! Au s'cours ! A l'aide ! Holà ! »
Par bonheur, î s'trouvit du monde
qui rentraient d'eun' foére astheur' là ;
îs l'ont pêché en la patouille...
vous parlez d'ein' drôl' de guernouille !
dam' ! le gâs, î n'était point fiar !

Astheur', î fait ben ses emballes...
Ya pourtant ben d' qué : C' grand Jacqu'dalle,
— j' m'en souvîns coum si c'était d'hiar —
n'avait point ein' si boun' tournure

la premièr' foés qu'î vint cheuz nous
faire ein tour avec sa voéture ;
on yaurait ben donné des sous,
tant qu'î n'avait pauvre équipage :
En c' temps-là, l' failli ferlampier,
î n' menait point si grand am'nage;
î n'allait tout seul, et d' son pied,
en poussant au cû son carrosse ;
î n'avait ni chien ni veloce,
et les marrain's, quand' al' l' voyaient,
farmaient vit' la porte au crouillet...

J'étions après ein' partie d' boule,
le premier tour qu'on l'aparçut...
Ah dam ! I n'fut point trop ben r'çu ;
l' pér' Phorien, qu'on app'lait Grand-Goule,
et qu'était, ma foé, ben r'naré,
dit, en lisant sûs sa cassiette
c' qu'y avait d'écrit en lettr' doré's :
« C' Caïffa n' m'a point l'air hounête ;
« au catéchiss', Monsieur l'Curé
« nous parlait d' Caïffa-Pilate,
« qu'était ein ben vilain pirate,
« a c' qu'î disait, si j' m'en souvîns ;
« c' Caïffa-ci doét êt' ed' meime...
« — Tous ces traîniers, c'est point la crême ! —
« Et, s'î r' tournait là d'you qu'î vint,
« ça serait ben l' mieux qu'î pourrait faire ! »

L' bounhoume, î n'avait ben raison :
Astheur', le gâs fait ses affaires ;
î n'ent' partout en les maisons,
Et c'est, ben sûr, ein vrai poéson :
Quant' î s'attaque aux ménagères,

je n' sais point coument qu'î s'y prend,
ni coument qu'î les entortille,
Mais, les marrain's ou ben les filles,
eun' bonn' foés qu'î les enterprend,
a n'en sont tout' emboblinées...
, Ah dam ! I n'en a, du gingin !
I leûs en racont', des d'vinées !
I leû promet des tas d' machins,
qu'î dit, pour monter leû ménage ;
et, pour fair' voér que c'est ben vrai,
î leû montre ein cahier d'images
où que n'y a, tirés en portrait,
des affûtiaux d' tout's les magnières :
ya des bols tout peinturlurés,
ya des fouchett' et des cuillères,
des miroés en des cadr's dorés,
des assiett', des pichet-en-verre,
des lamp' avec leûs abat-jour
où ya des fleurs peint' alentour,
coume yen a yeun' chez Monsieur l' Maire ;
et tout ça, qu'î dit, c'est pour rin,
par sûs l' marché; c'est pour la prime...
C' qu'î leû' dit point, l' failli gorin,
c'est qu'ça s'rait pûtout pour la frime,
et qu'î faut ben, auparavant
qu'î leû donn' pour six sous d' vaisselle,
qu'a n'ay'nt ach'té dans les dix francs
d' son café ou d' son varmicelle !
L' grand fîdgarse, î sait ben c' qu'î fait :
ein' foés qu'î leûs a pris envie
de quéqu'eun' de ses amag'ries,
 a n'y r'gardent pus au café :
a n'en boéraient à plein's journées ;
entre ell', a s'en offr'nt des tournées

quant' leûs bounhoum' î sont déhors ;
et, c' qu'î ya ben pûs pire encôr,
c'est qu' pour fair' passer leû's crôlées
leû faut à tout coup la tiaulée :
du troés-six ou d' l'eau-d'-vi' d' façon !

C'est point seur'ment pour c' que ça coûte :
mais j'aim' point qu' les femm's boiv'nt la goutte,
et qu'a prenn'nt goût à la boésson ;
auterfoés, les saprées fumelles,
a's s' suffisaient d' café d' lupins
qu'a mettaient grâler en la poêle :
Ça fesait ben manger du pain,
et c'était point d'ein' grand' dépense.
Pour c' qu'est d' la mienn', j'yons fait défense
de ren ach'ter à c' failli gâs...
Mais, l'auter jour, voilà-t-y pas
que j' m'en v'nais cheuz nous par la prée ;
en arrivant auprès d' l'entrée
j'entends des voéx qui causaient haut...
Et qui que j' voés, par el carreau ?
Ma Louis', ben en peine ; et, en face,
le Caïffa, l' sapré salaud,
Qui n' voulait point quitter de la place
paravant qu'a n' l'aye étrenné,
qu'î disait !...
       Dam ! Je l'ai r'tourné,
Et j' yen ai dit d' tout' les magnières ;
î s'est vu champoéyer d' première :
« Vilain arquelier, que j'yai dit,
« on n'a point besoin d' toé icit ;
« va falloér t'en aller ben vite,
« Meim' si c'est point à ton amain ;
« et tâche à ben r'trouver ton ch'min,

« pas'que, moé, c'est point par la main
« que j' sés prêt à t' fair' la conduite !...
« et ça, annuit pûtout que d'main !»

Et coume, après ces boun' paroles,
î n'avait point l'air convaincu,
je l'ons sorti par les épaules,
et j'yons foutu mon pied au cû !

Sacavins !

A M. G. DE GRANDMAISON.

« Ang'vin, sac-à-vin », coume y disent,
en s'foutant de nous, les gâs d' Paris...
Moé, j' veux ben, pour leû fair' plaisî ;
mais, enter nous, c'est un' bêtise :
faut qu'îs n'y connaiss' ren en tout
pour avoér ein' pareille idée
de fout' du vin en ein pochée :
Ça piss'rait, ça gâterait d' partout !
Tandis qu'ein Ang'vin qui sait boére
— et là-d'ssus vous pouvez m'en croére —
î garde l' vin coume ein barî :
j' garantis qu' vous pouvez l'emplî
jusqu'au rasibus de la goule
avec le meilleur de vout' fait,

y aura point d' danger qu'î n'en coule...
sauf, ben entendu, s'î fallait,
afin d' goûter eine autre année,
fair' la plac' pour eine aut' tournée...
et encôre, î n' gâtera que d' l'eau,
respect ed' vous... Vous m' direz p't-être :
« Oui-dà, j'vous entends ben, mon maître ;
vout' gars est plein coume ein tonneau,
meim' qu'î n'en est saoûl à rouler ! »
— Voilà-t-y pas d' quoé s'étonner !
Eun, buss', si a n'est point calée
ben coume y faut sûs n'ein chantier,
a s'en ira à la d'vallée...
ein houm', c'est tout pareil, vantié :
Ein gâs d' cheuz nous, qu'est ben à l'aise,
l'cû ben calé au fond d' sa chaise,
d'vant ein' bonn' table, et l' verre en main,
î peut y rester jusqu'à d' main,
si l' vin est bon et la cav' fraîche !
Vos Parisiens — j'y ons été voér —
boév' debout au long d'un comptoér,
tout coum' du bestiau d'vant eun' chrèche !
Is boév' debout !... Pour un chrétien,
voyons, c'est-y ein' façon d' boére ?
J' vous dis qu'îs n'y connaissant rin !

Avec nous, c'est eune autre histoère :
ya queuq' temps d' ça, ein grous Monsieur,
qu'est, coume on dit, d' la Cadémie,
disait, en ein' cérimonie,
Coum' queuqu' chos' de vrai merveilleux,
qu' dans son année ein bon Angevin
doét boér' ses cinq bussarts ed' vin
sans seur'ment qu' les yeux n'y bercillent...

Cinq bussarts !... Que c'est-y par jour ?...
Troès litr' ben just', et ren autour !
Cheuz nous, on donn' ça aux p'tit' filles
quant an' n'ont fait les commugnions ;
n'en faut ben l' doubl' pour ein' marraine ;
mais pour ein homm', eh ben, j' pouvions
ben mettre ein quartaut par semaine :
ça s'ra ren qu' juste... et côr faut-î
qu'î n'aill' point trop jouer à la boule
— c'est ein jeu, quand on est parti,
qui vous assèche l' fond d' la goule —
pas' qu'alors î faut ajouter,
pour chaqu' partie, deuss' trois fillettes ;
et puis î faut encôr compter
les assemblées, les noc', les fêtes,
Et les foér aussi, pour ben faire.
Et p't-êtr' ben qu' vous saurez, alors,
c' qu'ein bon Ang'vin peut s' mette en l' côrps !

Seul'ment, faut qu' j' vous dise ein' affaire :
nout' vin, ça s'rait ein vrai péché
d' l' laisser boére à des sauvages :
j'sons ben forcé, pour empêcher
qu'y n'y arrive ein pareil dommage
d' tout avaler... Les gens d'ailleurs
îs n' sauraient point y faire honneur :
îs n'ont point la goule assez fine...
leû faut des inventions d' Bercy !
— moé, rin que d'sentî c' te cuisine,
j' s'rais déjà à moétié querci !
Le bon Dieu a ben fait les choses :
en c' monde, î n'a tout mis par deux :
les parpillons, c'est pour les roses ;
les poués, pour la têt' des teigneux ;

s'î n'a fait l'Ang'vin pour les vignes,
apparemment qu'î n'a ben fait ;
mais î faut, pour en rester dignes,
que nous n' perdions rin d'son bienfait !

La Pibole

A M. A.-J. Verrier.

Tra, la la, la la la la, la !...
Que c'est-y donc qu' j'entendions là ?...
C'est la noce à Francoés qui passe,
Il n'ont gangné l' tournant d'la place,
et les v'là, tertous, ben joyeux,
qui v'nant d'arriver d'vant l'école ;
et l'pûs content d'tous l' pûs glorieux,
c'est l' piboyeux et sa pibole :
I s'en va d'vant, à grand' jambées,
en marquant l'pas coume ein sargent...
î leûs en donn' pour leûs argents !
I s' pourrait qu'à la nuit tombée
î n'march' pûs si ben, ni si dret :
c'est qu'à buffet en son subiet
qui chant' vantié pûs haut qu' ein' pie,

on a bentout pris la pépie ;
y a ren qui vous assoeffe autant,
et d'boére ein p' tit coup d' temps-en-temps,
au bout du jour, ça fait ein compte...
s'y faut n'en craire c' qu'on raconte,
les piboyeux qui rent' chez eux,
les soérs ed noc', par les ch'mins creux,
big' queuqu'fois pus d'umiaux que d' feilles !
îs n'ont quant' meim' ben d' l'agrément :
îs vont partout : aux noc', aux veilles,
aux fêt', avec leû' instrument.

. . . .

Côr y a-t-î pibole et pibole...
et ça m'rappelle eune histoèr' drôle
qu'est arrivée, y a eu vantié
ein an à la Saint-Jean darnière,
chez l'père Dérouin, d' la Turpinière :
L'pauv' bouhoumm', ça faisait pitié,
etait malad' d' puis deuss' trois s'maines,
et ça marchait que d' mal en pis :
î s'en allait tout ajoupi,
s'tenant à deux mains la bedaine,
tant qu'à la fin î n'y faillit,
ben mal d'agré, rester au lit :
ça l'berdassait, ça l'berdassait !
Ça n'y travaillait dans la boueille,
et à m'sure l' ventr' y gonfiait
tout rond coume un bourgniau d'aboueilles ;
sa boun' femm', coum' ben vous pensez,
a n'en était tout adeulée ;
a n'y faisait prendr', tant qu'assez,
tout' sort' de boètt' à plein crôlées,
mais pour de vrai, ren n'y faisait,
et l'bouhoumme allait d' pire en pire :

ça l' tourmentait, à c' qu'î disaît,
dans la tripaille et dans la pirre,
à n' pus savoèr coument durer.

« Enfin, qu' n'y dit sa métayère,
« mon pauv'bouhomm', je n'sais pûs qu' faire !
« Y a qu'un moillien d' nous en tirer,
« c'est d'aller qu'rî l' méd' cin d' la ville,
« c' ti-là, qu'on dit, qu'est ben habile ;
« si tu veux ben, j'y vas tout dret ! »
Mais î n'y répond : « Nom de Gouet !
« tu veux fout' l'argent par la f'nêtre ;
« sais-tu pas ben qu' ces biaux messieurs
« font ben leû fiar sans ren counaître ?
« Va putout qu'rî ein mégeilleux :
« au moins, î pourra voér aux bêtes...
« à pûsieurs, ça coût'ra moins cher ! »

V'là la boun' femm' de s'dépêcher :
Coume a courait par les voyettes,
voilà-t-y pas, tout justement,
Qu'a voét, à l'oré du village,
Chaillous, l' mégeilleux d' Saint-Amant,
qui s'en rev'nait d' faire ein vêlage.
« Ah ! qu'a cri', v'nez donc quant-et-moé ! »
« Vous avez l'air ben en émoé,
« Qu'î n'y répond, ma pauv' p' tit' mère !»
« Ah ! qu'a dit, y a pourtant ben d' quai !
« Faut qu' vous vîndiez voér el pèr' Pierre :
« I n'a quasiment l'berchet chai,
« et je n'savons pûs ren qu'y faire :
« j'y avons piâcré sûs l'estomac
« des pâteaux ben chauds d'bous' ed vache ;
« j' l'ons fait boér' sûs la mard' de chat,

« sûs l' rémarin, la racin' d'ache ;
« j'y ons fricassé d'la majoulaine ;
« je l'ons embourré dans d'la laine ;
« mais ren d'tout ça n'y fait effet »
Chaillous n'y répond : « J' voés c' que c'est ! »

. . . .

« Eh ben, qué donc, mon pauv' pèr' Pierre ?
« T'as l' ventr' coume un poulain néyé,
« ou ben coume eun' trée gorinière !
« Ma feint ! Que j'sée jamais payé,
« si je n'te guéris point astheure ! »
Et pis le v' là qui met du beurre,
de l'huil', des harb', et je n'sais queu,
en la marmit' qu'étiont sûs l' feu.
« Voyez-vous, qu'î dit, la p' tit' mère,
« meim' si la tisane est amère,
« sûr î n'en sentira point l'goût :
« Suffit d'la prendr' par el bon bout ;
« j'ai justement en ma carriole
« de quai ben pus commod' qu' ein' crôle :
« c'est ma grand' s'ringu' pour el bestiau ;
« c'est-t-y point la meilleur' magnière
« d'boére un coup sans s'mouiller l' musiau ?
« Quèq'tu pens' de ça, mon pèr' Pierre ?
« J' vas t' la rempli' qu'à la moétié,
« coum' de just', pisque t'es, vantié,
« Pas pûs grous qu'la moétié d'eun' bête !»
Aussitôt dit, v' là la chous' faite,
l' bouillon tout prêt à enfourner,
et nout' bounhoum' de se r'tourner

. . . .

Respect parler, j'vas pas vous dire
c'qu' aussi ben vous avez d' viné :
mais faut crair' qu'à c' jeu d' tourne-vire

l'bounhoumm' fut vit' débousiné,
car les voésins, à la veillée,
îs l'ont trouvé moétié guéri,
assis au coûté de la ch'minée ;
et vous pensez si on a ri !
« Que v'là pas moins d'eun' belle' clifoère !»
que dit l'un. « Ein bon affutiau,
« ben sûr, pour s'en aller en foère !»
« Oui, dit l'autr', c'est ein beau flûtiau !»
Coume y disaient leû' rigourdaines,
voilà qu'arrivît tout l'darnier
l'valet d' charru' d'la Grand-Fontaine,
ein pétras, sot coume un pagnier,
ein grand adlézi d' gas d'Vendée,
qui va terjoû à grand'jambées,
les bras ballants et la goul' bée,
qui dit « Bonsoèr », et qui s'assit.
« Eh ben, mon gâs, te v'là aussit !
« Tu voés, j'sés tout content ben aise,
« Qu'dit l'pèr' Dérouin, du fond d' sa chaise ;
« Maît' Chaillous, qu'est ein' houmm, savant,
« — c'est tout d'meim' ben ein' vrai marveille —
« I vous coup' le mal coum' le vent,
« rin que d'vous subier à l'oreille
« ein p'tit air de c'te pibol'-là !»
« Garne ! » que dit le grand beda,
en tendant sa fac' de carême ;
« I'ai côr point vu d'pibole d' meime ! »
« C'est qu' pour en jouer, qu'n'î dit l'bounhoumme,
« î faut un homm' ben ernaré,
« et pis, qui séy' ben corporé ;
« ein gars dans ta sorte, ou tout comme ! »
— « En c' cas, î la f'rai ben coinquer !»
que dit l' gâs... I prend la machine,

et pis le v'là à l'embuquer
coume un subiet, et à buffer
à s'en fair' péter la bousine...
mais y n'en sortit ren en tout !

. . . .

« C'est donc qu' tu n'as point la magnière ;
« tu buff' pourtant par el bon bout !»
que n'y dit à la fin l' pèr' Pierre.
« Dam' oui ! » qu'répond c' grand arquénier ;
« Meim' qu'ô n'a point ein' trop boun' sente :
« Quiau-là qui a buffé l'darnier
« Aviont, vantié, la goul' bé puante !»

La pénitence
de Marie-Rose

A Maurice Saillant-Curnonsky.

Par la porte ouvarte d' l'Eglise
on voét la Chèr' Sœur Sainte-Elise
qui fait marcher, coume au tambour,
tout's les « Enfants d'Marie » du bourg :
La Génie Pecuss', la Grichée,
avec la Marie Pétonton ;
Mélie Renot, Sophie Bâchée
qu'a la piau tout' marquée d'boutons ;
la Pignard, qu'est rond' coume ein' boule ;
et la vieill' Mélanie Bell'dent
qui n'a qu'ein sicot en la goule
— côr i branl' quand î fait du vent ! —
Ien a qui charrey'nt des potées,
d'aut's qui pourgal'nt les irans'lées ;

d'aucun's qui fombrayent l' carreau ;
c't'ell' là grimp' sus n'ein n'escabiau
pour piquer ein d'mi javeau d' cierges
entour l'estatue d' la Boun' Vierge.

Pendant c'temps-là, Monsieur l'Curé,
à qui l'temps coumence à durer,
n'a passé tout' l'après-dînée
en son ormoère à confessions ;
î song' que v'là d'ein' rud' journée,
que l'monde ont ben d'la dévotion,
et qu'î n'a point fait collation...
î n'estim' point trop les dévotes
pa's qu'a doiv'nt achaler l'Bon Dieu
(î l'sait ben, lui qu'est en son lieu !).....
Ia justement la mèr' Javotte
qui vînt d'y fair' bouillî les sangs :
Al l'a t'nu pus d'eine heur' de rang
pour émarder tout' la commeune,
et pour trouver ein mot pointu
et sus chaquein et sus chaqueune....
Not' Seigneur avait d'la vartu
si tout's les Saint's Femm's étaient d'meime !...
enfin, v'là la vingt-quatrième
et la darnière !... Après c't'elle-là,
journée fait'... Mais seur'ment, voilà :
C't'elle là, c'est la grand' Marie-Rose,
eun' boun' fill', ben sûr, mais qu'on dit
qu'a n'a point volé l'Saint-Esprit...

. . . .

M'sieur l'Curé n'y dépêch' la chose
ein temps troés mouv'ments : « Mon enfant,
« confiteor... bon, bon, j'comprends ?..
« vous avez-t-î ben d'la repentance ?...

« tous vos péchés vous sont lavés...
« î faudra, pour vout' pénitence,
« dir' cinq Pater et cinq Avé ! »
Et pis î s'est déjà r'levé...
a n'y court après dans l'église :
« M'sieur l' Curé, vous n' m'avez point dit
« quant' c'est que faudra que j'les dise ? »

M'sieur l' Curé en reste interdit...
puis n'y répond sans pûs d' chicane :
« Ma fille, à vout' commodité ! »

A coup, v'là que c'te grand' bobane
s'met à pigner sans s'arrêter
et à brâiller pûs haut qu'ein âne :
« Miséricorde, ah !... Qué malheur !...
« Coument donc que j' vas faire, astheur ?
« J' sés point en l' cas de vous satisfaire,
« Monsieur l' Curé, en vérité,
« et d' dire coume î faut vout' prière,
« rapport à c'te commodité...
« j'en avons point !... Viarge Marie,
« j'vas perdr' ma plac' en Paradis ! »

« Que v'là pas moins d'eun' berdin'rie !
« D' quoé qu'vous n' n'avez point ? » qu'î n'y dit...
Al' n'y répond, tout d'eun' craîllée :
« Ben, des commodités, pardi !...
« cheuz nous, on va à l'égâillée ! »

———

En Foère !

A Auguste Pinquet.

Au Lion d'Or, chez Gâtineau,
enter la route et la barge,
et tout près du bord de l'eau,
c'est vantié ein' bonne aubarge,
et vous auriez ben grand tôrt
d' la juger sûs l'apparence :
c'est vrai qu'au premier rabord
on n'y donn' point d'importance.

Mais, si l' clos et la maison
ont point l'air ed payer d'mine,
c'est tout d' meim' point ein' raison
de n' point goûter la cuisine ;

essayez-en donc ein brin,
et vous n'aurez p't-êt' idée
coument qu'eune aubarg' ed rin
est si ben achalandée.

A n'est meim' d'ein si bon r'nom
qu'î vînt du monde ed' la ville ;
faut n'entend' el train qu'îs font
avec leûs automobiles
qui coinqu'nt et qui pèt'nt du feu !
Y en a d'aut' sûs des veloces ;
et tout ça, des gâs d' bon jeu,
et qui n' boud'nt point à la noce !

Jusqu'à des monsieurs d' Paris,
quand c'est l'été, qui n'y viennent,
pour se prom'ner en l' pays
et se r'pouser deuss-trois s'maines ;
et Gâtineau, qu'est point sot,
vous les r'tînt par la cuisine :
î leü donne d' ces fricots
à s' fair' péter la bousine !

Et pis, dam', tant pir' pour ceuss
qui n'en prendraient pûs qu' leû compte,
coume î dit ; à propos d'euss,
v'là justement c' qu'î raconte :
L'an darnier, à la mi-août,
vint cheuz lui ein jeun' ménage,
du monde aimable et ben doux,
et n'menant point grand tapage.

Mais, qui n'a point son défaut ?
La p'tit' dam', rond' coume ein' caille,

était portée pûs qu'î n' faut
sûs les plaisîs d' la mangeaille ;
a n'avalait sâfrement,
et des assiettés si pleines
qu'on eût cru, à tout moment,
qu'a jeûnait d' pis ein' semaine.

Un soér donc qu'on leû sarvait,
— ben fricassées en la poêle —
des têt's de choux varts tout frais
(des piochons, coume on appelle),
a n'eut ein tel appétit
pour dévorer c'te légume
qu' la piau du vent' n'y tendit,
coume ein bestiau qu'a l'enflume !

Tout à coup, sûs les ménuite,
la v'là qui s' met à crâiller :
« Joseph, pass' moé l' pot ben vite,
« j'ai les boyaux déraillés ! »
Joseph, î n'a fait qu'ein saut...
Nom de d'là !... Point d'allumettes !...
î charch' sous l' lit... mais point d' pot !...
l'autr', a s' roulait sûs les couettes...

« Hélâ mon Dieu !... Je n' saurai
« résister tant qu' ça m' travaille...
« Pour sûr, je n' peux pûs durer...
« Ya pûs d'amain ! î faut qu' j'aille
« ben vite aux commodités ! »
Et là-dessus, en galinette,
la voilà déjà sauté'...
Mais son mari, î l'arrête :

« J' veux point qu' tu sort', qu'î n'y dit,
« astheur que la nuit est fraîche,
« t'attrapp'rais ein chaud-r'ferdi ! »
Et pis le v'là qui s' dépêche
— à tâtons, ben entendu —
î n'arrive, à la cuisine,
au mur, où que n'y a pendues
les castroll's et les bassines ;

î n'en prend eine au juger,
la r'monte à sa femm' ben vite
pour qu'al puisse s' soulager,
et n'y gliss' ça dret en l'lite,
coum' pour bassiner l' mat'las...
Mais, la castroll' descendue,
quant' î veut s' mettre en les draps,
î trouv' la piace enfondue !...

« Bon sang ! Coument donc qu' t'as fait ? »
« En l' poêlon ! qu'a n'y réplique ;
« meim' qu'î n'avait l' bord ben fret ! »...
Au matin v'nu, tout s'essplique :
î n'avait point ben charché,
censément, en la nuit noére...
avait-î point décroché,
en lieu d' castrolle... ein' passoére !...

Eine Verzelée

A Henry Coutant.

Sur l'air de la ronde angevine : « Dis mé donc, gâs Pierre ! »
recueillie par François SIMON

7

I

J'vas vous dir' l'histoére
d'ein gâs du Mesni, Laliri ;
qu'aimait trop à boére ;
n'en fut ben puni, Laliri,
A boère ya pas d'honte,
mais pas trop n'en faut...
N'en prend' pus qu'son compte
c'est ein grand défaut !

II

Lui qu'avait qu'sa chemise
et six sous vaillants, Laliran,
avait pour promise
la feill' d'un marchand, Laliran ;
c'était ben d'la chance
pour un gâs de rin
que sa connaissance
al' possèd' du bien !

III

V'là qu'à l'assemblée
de la Saint-Aubin, Lalirin,
Il l'a rencontrée ;
al' n'ia dit : « Lubin, Lalirin,
« vîns donc chez mon père
« pour le décider
« à nous m'ner chez l'Maire
« afin d' s'accorder. »

IV

Pour aller la voèr-e
l'gâs s'est mis faraud, Laliro,
prit sa blous' de foère
et son grand chapiau, Laliro,
ovec sa ch'mis' blanche
et ses gros souliers ;
au tantôt, l'Dimanche,
est parti d'son pied.

V

Après ein p'tit d'route,
s'sentit fatigué, Laliré ;
A casser la croûte
î s'est décidé, Laliré :
chez la Mèr' Nanette
î s'est arrêté :
a pris ein' fillette
ovec du pâté.

VI

D'eun' march' ben meilleure
î n'en est r'parti, Laliri...
au bout d'ein quart d'heure
s'sentit soèf ein p'tit, Laliri...
Est entré chez Pierre,
« Au Bon Vin d'Beaulieu » ;
î n'a pris t'ein verre,
ein verre... ou ben deux.

VII

En fac' chez Phonsine,
a rencontré R'né, Laliré :
îs n'ont bu chopine,
chaq'ein sa tournée, laliré ;
mais voilà qu'Etienne
leûs est débarqué,
qui dit : « J'off' la mienne ! »
...Fallait ben trinquer...

VIII

Après ein' bouteille,
îs n'ont, tous les trois, Laliroi,
rendu la pareille,
ainsi coum' ça s'doit, Laliroi ;
pour se r'mettre en route
ont pris ein' liqueur,
pîs ein' petit' goutte
pour s' donner du cœur.

IX

Ont bu chez Cath'rine,
du bon vin bouché, Laliré,
mais chez Mathurine,
s'sentir'nt éméchés, Laliré ;
d'tournée en tournée
îs n'ont si ben bu
que d'vers la soérée
s'trouvai'nt soûls pardus !

X

La nuit était v'nue
pendant c'coup d'temps-là, Lalira ;
« J'ai-t-y la berlue ?
S'dit tout à coup l'gâs, Lalira,
« comben donc qu'ya d'leunes ?
« J'créyais ben, Bon Dieu !
« qu'î n'y en avait qu'eune,
« astheur, j'en voès deux ! »

XI

« Bon sang ! v'là qu'la place
« al' s'met à danser, Laliré !...
« les maisons qui passent...
« qu'a n'ont l'air pressé, Laliré !
« Vantié ben qu'la mienne
« va passer aussit'...
« si j'savais qu'a vienne,
j'l'espèr'rais icit ! »

XII

V'là que l'pied n'y coule,
et qu'î n'a glissé, Laliré :
î s' fout sûs la goule
en l' fond du foussé, Laliré !
dans la patouillée
le v'là descendu,
pus guéné qu'ein' trée,
et tout enfondu !

XIII

Après ben d' la lutte
î put s'en d'tirer, Laliré ;
fut ben quéqu' minutes
avant d' respirer, Laliré ;
mais v'là qu'î s' rappelle
le pourquoé d' son chemin...
î va chez sa belle,
dit : « C'est moé, Lubin ! »

XIV

La fille, en colère,
du pûs tôt qu'al' vit, Laliri,
lui cria : « J' n'ai qu'faire
« d'ein tel adlaisî, Laliri !
« Bouguer' de grand' bête,
« tu n'm'es pûs de rin ;
« ta place est en l'têt-e
« avec les gorins ! »

XV

Ses hân' en charpie,
avec le congé, Laliré,
de sa boune amie,
son argent mangé, Laliré,
par les adressées
l' gâs s'en est r'vindu,
la min' moins rusée
qu'ein mouton pardu !

XVI

Vous, qui v'nez d'entendre
c' que j'ai raconté, Laliré,
j'vas vous faire comprendre
eun' bonne vérité, Laliré :
î n'faut point trop boère
sans nécessité...
ça s'ra d' mon histoère
la moralité !

Gigouillette

A Charles Bonnet.

I

Pour danser la gigouillette
sûs ein air point ben nouviau,
C'est-î util' qu'on répète
eine heur' de rang l'meim' rimiau :
« Qui n'tenait, qui n'tenait, qui n'tenait guère
« qui n'tenait, qui n'tenait, qui n'tenait pas ? » (bis)

II

Chanter tout l'temps la meim' chose,
je n'sais pas si ça vous plaît,
mais quant à moé, j' vous propose
d'inventer quéqu's aut's couplets :

REFRAIN

LES GAS :

Quand ça vous prend, ça vous tient-î les feilles,
quand ça vous prend, ça vous tient-î longtemps ?

LES FEILLES :

En gigouillant, gigouillant de la gigue,
en gigouillant on a tant d'agrément !

III

Ça s'ra pour l'honneur des feilles
que j'accord'rons nos flûtiaux :
laid' ou jolies, jun' ou vieilles,
j'les mettrons en l'meim' mouciau. (Refr.)

IV

C'et les feill' ed La Membrolle
qu'ont tant d'douceur en la voéx
qu'on crérait entend' des grolles
en train d'écaler des noéx ! (Refr.)

V

C'est les feill' ed La Bellière
qu'ont la taille si ben tournée
quant' on les r'gard' par derrière,
qu'a n' devraient point se r'tourner ! (Refr.)

VI

C'est les feill' ed Savennières
qu'ont mangé tous les rillaux,
si ben qu' cell' d' La Possonnière
a n' peuvent pûs roucher qu' les os ! (Refr.)

VII

C'est les feill' du Bourg d'Auverse
qu'ont les talons tell'ment courts
qu'a s'en vont à la renverse
au moins deuss-troés foés par jour ! (Refr.)

VIII

C'est les feill' d'en par Pellouailles
qu'ont voulu porter chapiau...
quant'al sont parmi leûs ouailles,
on les r'marqu' pûs dans l'troupeau ! (Refr.)

IX

C'est les feill' ed La Tessoualle
qui n' se lav'nt qu'eun' foés en l'an :
c'est bon pour le mond' qu'est sale
de s' nétteyer pûs souvent ! (Refr.)

X

C'est les feill' des Echaubrognes
qui chant'nt à la procession :
quant ya-t-ein gorin qui grogne,
on crérait qu'î leû répond ! (Refr.)

XI

C'est les feill'ed La Pomm'raye
qu'ont l'air si guère agrâlant
qu'ont dirait des efferzaies :
ça n'attign' point les galants ! (Refr·)

XII

C'est les feill' ed Grez-Neuville
qu'ont autant d' cheveux que d' poués :
C'est les celll' de la Basse-Ile
qui dit-on, s' marient troés foés. (Refr.)

XIII

La deuzièm' foés, c'est d'vant l' Maire,
la troisième, d'vant l' Curé...
mais, à c' qu'on dit, la première,
c'est darrièr' la haie d'ein pré ! (Refr.)

XIV

Mais tout ça, c'est des ment'ries
pour s' réjouî en société ;
coum' v'là ma chanson finie,
j' vas vous dir' la vérité : (Refr.)

XV

C'est que d' La Varenne à Candes,
d'ein bout' l'aut' ed l'Anjou,
les pûs p'tit's coum' les pûs grandes
a sont ben mignonn's en tout ! (Refr.)

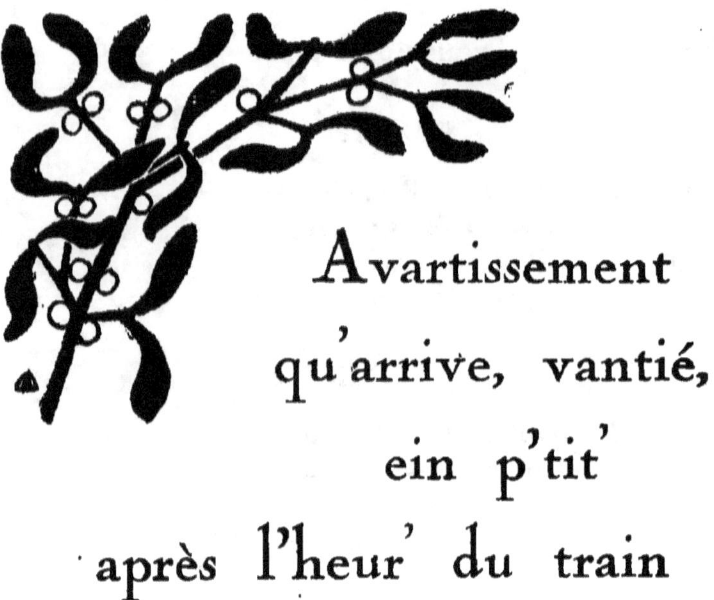

Avartissement

qu'arrive, vantié,

ein p'tit'

après l'heur' du train

Maint'naut que l'vin est tiré,
mon cher gâs, faut que j' te dise
qu' t'es vantié point ben r'naré,
et qu' t'as p't-êt' fait eun' bêtise :
Ces berdin'ries qu' t'as rimé',
crais-tu qu' c'était ben utile
d' les fair' mettre en imprimé,
pour que les Messieurs d' la Ville
te prenn'nt pour ein adlaisî ?
I pens'ront qu' t'es eine andouille...
Ça t' f'ra-t-î ben grand plaisî ?
Pour euss, t'es ren qu'ein pétzouille :
tu dis les chous' coume a sont
sans s'ment y mett' ed' magnières ;

tu leû racont's sans façon
des histoér' ben ordinaires,
des affair' qu' tout l' mond' comprend
sans s' douner mal à la tête...
Faut-î qu' tu séy' ignorant !..
t'agis coume eun' foutu' bête :

Si t'avais charché midi,
coum' n'on dit, à quatorze heures,
tu s'rais ben sûr applaudi ;
l' mond' diraient : « A la bonne heure !
« V'là n'ein gâs point emprunté !...
« Je n' compernons rin en toute
« en c' qu'î nous a raconté,
« mais c'est quand on n'y voét goutte
« que c'est la parfait' Beauté ;

« la Pouasie, c'est l'Mystère...
« l'Mystère, c'est l'Osscurité...
« accoutons ! ya qu'à nous taire,
« et fair' croèr' qu'on y voét clair !... »
Et îs rest'raient la goul' bée,
coume ein viau d'vant ein ch'min de fer...

Mais toé, tu n'as point d'idée :
t'as des mots points distingués
pour raconter sans malice
des cont' pas ben compliqués ;
crais-tu donc qu' ça réussisse ?
Mais quî donc ?... Tu n' me dis rin ?
C'est-î qu' t'as rin à réponde ?...
. . . .
Ah, oui ! J' counais ben ton r'frain :
Faut laisser berdasser l' monde,

et, sans pus d' combinaisans,
s'en aller à la dérive...

Ma fin' t'as vantié raison :
C' qui doét arriver, arrive...

Allez donc !... Faut ben durer !
Ya point à fair' tant d'histoéres :
Maint'nant que l' vin est tiré,
mon cher gâs, ya pus qu'à l'boère !

TABLE

ANGERS. — IMPRIMERIE DU COMMERCE

ÉDITIONS DU BIBLIOPHILE ANGEVIN

Marc LECLERC

L'enterr'ment du Père Taugourdeau.
Gravures sur bois de Jean A. MERCIER, 1923
2ᵉ édition (édition populaire).

Charles BERJOLE

Le Fluteau Délaissé.
Poèmes, 1924

R. CHRISTIAN-FROGÉ

Trois Fresques, poèmes.
Illustrations de Ludovic ALLEAUME, 1924

Léon PHILOUZE

Des Rimes.
1924

LE TOMBEAU DE CHARLES BERJOLE
Avec de nombreuses illustrations prises dans l'œuvre de
l'artiste-poète, 1925.

Marc LECLERC

L'Anthologie du Sacavin.
1925.
Couverture illustrée par l'auteur.

L'enterr'ment du Père Taugourdeau.
Édition avec des gravures, 1926.